# 人間の旬

ningen no shun

Satoshi Ōmura

大村 智

毎日新聞出版

高校・大学時代はスキーに熱中。厳しいトレーニングに励み、多くの大会に出場した。1年間で獲得したトロフィーと賞牌を前に。　（著者提供）

山梨県韮崎《にらさき》市にある生家の縁側で家族と撮った記念写真。左から2人目が著者。現在、生家はシェアハウスとして使われている。　（著者提供）

ノーベル賞のメダルを手に。表面にはアルフレッド・ノーベルの肖像と生没年が記されている。
（親族提供）

ノーベル賞授賞式ではスウェーデン国王のカール16世グスタフからメダルと証書を手渡された。
©毎日新聞社（代表撮影）

ノーベル賞授賞式後にシティーホールで開かれた晩餐会にて。両隣の皇室の方々とは話をしているうちにすっかり打ち解けた。　©毎日新聞社（代表撮影）

ノーベル賞授賞式への出発を控え、えんび服を整える長女。少し照れた表情。ストックホルムのグランドホテルにて。

©毎日新聞社（代表撮影）

妻・文子に捧げる

# はじめに

日本が高度経済成長期に入った1965年4月1日、私は北里《きたさと》研究所の研究員として採用され当時の秦藤樹《はたとうじゅ》所長の助手として仕えた。秦先生が授業を行う際は教室に入り、黒板に書かれた先生の講義内容と説明を細大漏らさず書き留め、そのメモを清書して秦先生に提出することが仕事だった。

メモを取ることが習慣になっていったのは、その頃からだと思う。私の周囲の人は、私を「メモ魔」と呼んでいたようだが、最初は仕事から始まったメモはやがて研究生活の一部となり、日常生活の備忘録となり、出張旅行の記録となっていった。海外へ学会などで出張した際は、帰国する飛行機のなかでメモを整理することが出張の仕上げになっていた。

そのようなメモの内容が、学内外から依頼される原稿の格好のネタとなっていったのは予期しない成果でもあった。学術的なメモから身辺雑記にわたるまで、私のメモは生活の澱《おり》のようにたまってしまった。

学内外から請われて発表してきたいわばエッセイは、これを適宜まとめて『ロードデンドロンの咲く街』『私の芝白金三光町』『夕暮れ』『植林』などとして、限られた部数を自費出版した。今読んでみると、書いた時のさまざまな出来事が昨日のことのように思い出され、感慨にふけることもあるが、それはあくまでも私自身の生きてきた足跡に過ぎないものであると思ってきた。

ノーベル賞受賞という思いがけない出来事に恵まれ、多くの方々と接する機会が爆発的に増えてしまい、4冊のエッセイ集のことも知らぬ間に広がってしまった。今回、毎日新聞出版からこの4冊のエッセイ集から抜粋して出版することを強く勧められた。一人の研究者の歩いてきた風景を書きものとして残すということは、化学者の側面を知りたいという多くの人々の興味に応えることになるという考えから出版することにした。

ノーベル賞授賞式の模様や受賞の前後の話を書き下ろし、抜粋のエッセイへとつないで編集してもらった。新たに書きおこしたものは少ないが、一人の化学者の生きた証《あかし》を垣間《かいま》見《み》ていただくということで出版したものであり、ご笑覧いただければ望外の幸せである。

2016年7月

大村智

目次

## III

# 旅の日記から

## Ⅳ 次世代を担う若者に伝えたい



## Ⅴ 思うがままに

カバー装画・小杉小二郎
装丁・竹内雄二

# I

# 微生物が運んできたノーベル賞

40年来務めている私の秘書が、「来た、来た、来た！」と言いながら突然、私の部屋に飛び込んできた。2015年10月5日の17時半すぎのことである。

思わず「誰が来たんだ」と問いかけたら「ストックホルムから電話です」と言う。受話器を取ってみると、ノーベル財団の理事が「今、委員会があなたにノーベル賞を授与することを決定した。受けてくれますか」という内容だった。本当にびっくりした。

以前にメディアの方から「ノーベル賞の受賞候補者になっています」などと言われていたが、実感はなかった。その日も夏から引いていた風邪が完治しないので早く帰りたかったが、秘書がなかなか帰してくれない。そこに突然舞い込んできたストックホルムからの受賞を知らせる電話だった。電話のなかでノーベル財団の理事が、メルク社の研究者だったウィリアム・キャンベル博士と共同受賞だという説明をしたので、ああ、やっぱりウソではなかったと確信した。

受話器を置いた時、真っ先に2000年9月1日に亡くなった家内の文子のことを思い出した。文子が健在ならどんなに喜ぶだろうか。若い頃から家内は「あなたは将来ノーベル賞をもらう人だから」とか言って、私をおだてて働かせてきた。研究者と一緒になりたいと言って結婚しただけあって、貧乏時代にも不平一つ言わずに家計を助ける内職から、親戚や研究者らとの付き合い、娘の教育のことまで、本当によくやってくれた。夜遅くまで研究室にいると夜食を差し入れに来たり、ついでに実験データの整理や計算まで手伝ってくれた。文子は算盤《そろばん》1級の免状を持っていたので、計算は驚くほど速かった。そんなことを思い出しながら受賞は早速、家内の仏前に報告しなければと思い、自宅に電話をして娘に「お母さんに報告してくれよ」と頼んでおいた。

ノーベル財団からの正式発表は間もなくだった。その瞬間から、私の携帯電話に着信が殺到した。部屋に飛び込んでくる研究者や学内関係者でごった返す。ともかくも記者会見の設定だということだが、電話の応対でろくに打ち合わせもできない。とうとう、なんの準備もしないで記者会見場に引っ張り出されてしまった。

記者会見で「受賞の知らせで最初に感じたことは何か」と聞かれ、「心のなかで家内に報告しました」と言ったのは、先のような心境を語ったものだった。翌日のメディアの報道を読んだり見たりして、改めて自分の語った言葉が人々の注目を集めたことを実感した。

私は研究人生のほとんどを微生物が産生する天然有機化合物の研究に注力してきた。私の研究は微生物なしにはできないものであり、会見で感想を聞かれて「微生物と一緒にノーベル賞をもらった」と言ったのは、自然と口をついて出てきた言葉だった。私が何か難しいことをやったわけではなく、微生物がみんなやったことであり、私たちがやったことは微生物の力を利用させてもらっただけである。

人類は、たかだか数十万年前から進化して生物界の頂点に立ったと思っているようだが、微生物は35億年前から地球上に生息し、種をつないできた「地球上の生物の起源」と言ってもいいものだ。しかし私たちは、いまだ全微生物の10パーセントにも満たないものしか知らないだろう。私たちの知らない微生物には、素晴らしい能力を持ったものやすごい物質を産生しているものがいることは間違いない。この研究分野が少しでも発展することに結びつく受賞だとしたら、研究者として大変嬉《うれ》しく思う。

受賞直後の記者会見だけでなく、その後のメディア関係者とのインタビューなどでも「失敗は成功のもと」とか「人の真似《まね》はしない」とか「人の役に立つよう努力する」とか当たり前の言葉を語ったが、その都度大きく取り上げられた。このような言葉は、子供時代に祖母や両親からことあるごとに教え込まれ、それを体現してきただけだが、今はこのような言葉も死語に近いものになっているのではないかと考えてしまうほど注目を浴びたように感じた。

授賞式の12月10日は、ノーベル賞創設者のアルフレッド・ノーベルの命日になっている。受賞決定の知らせの直後から、ノーベル財団から授賞式前後1週間を「ノーベル・ウイーク」としていること、また、さまざまな行事があり、手続きや準備することなどをこまごまと連絡してきた。そのなかでも私を悩ませたのは「ノーベル・レクチャー」という受賞者が講演する内容のことだった。ノーベル財団のほうでは、受賞理由になった業績でなくてもいいと言うが、私はやはりオンコセルカ症（河川盲目症）の特効薬となったイベルメクチンの発見までのことと、自身の研究哲学について語ろうと思い準備を始めた。

私は何か特別なことに取り組む時に、そのなかで一番大事な場面や会話はどこにあるか考える癖がある。ノーベル・ウイークのスケジュール表を見て、一番大事な場面はこのノーベル・レクチャーだと思った。人は授賞式と思うかもしれないが、授賞式は栄誉をいただいていればいい。しかしレクチャーは、内容が歴史に残るものになる。30分と限られた時間に英語でどれだけ自分の思いを伝えることができるか。ここがいわば勝負どころだと思った。

研究経過や内容を語っていると、あっという間に時間がなくなる。パワーポイントで準備を始めたが、見直しをしてみるとあれもこれもと気になる部分が出てくる。最後の研究哲学では茶道の「一期一会」の言葉を入れ、私が日ごろから言っている「人との出会いを大切にする」という座右の銘を伝えたかった。これは海外で講演をする時に、日本の文化に関する内容を必ず入れるようにしているからであり、特別という気持ちではなかった。

微生物との出会いも、研究者・同僚との出会いも、一期一会の気持ちで接することで結に結びついていく。そのような信条を外国人にも理解されるように伝え、研究内容も誰にでも分かるように説明しようとスライドと言葉を吟味していたら19回も改訂してしまった。講演内容は、歴史的なものとして残ると思い、本当に緊張してつくった。今回このエッセイ集を上梓《じょうし》するにあたり、その要旨を別途22〜26ページに収録した。

幸いなことに、このレクチャーは出席者から盛大な拍手をもって賞賛された。レクチャーが終わって自席に着席した時、消費時間はジャスト30分だったと親戚の人から教えてもらった。緊張して講演しても持ち時間をきちんと守るのが私の主義であり、時計がなくても勘で分かるのも「一種の特技」である。ノーベル・ウイークの晴れ舞台で予定通りの時間で済ませたことに何よりも満足した。

薬学分野でよく使われている「創薬」という言葉がある。この言葉を言い出したのは、帝人、サントリー、山之内製薬などの役員を務めた薬学者の野口照久《のぐちてるひさ》先生である。晩年はゲノム創薬に取り組み、多くの人材を育てた科学者であり経営者であった。１９７３年に帝人の取締役生物医学研究所長になられた時に、私に一緒にこっちに来て仕事をしないかと誘っていただいた。ありがたいお誘いだったが、私は北里研究所に魅力があったので丁重にお断りした。その後もお付き合いは続いたが、ある時、学会で私の発表を聞いた直後に野口先生が寄ってきて発表内容を評価した後「大村さん、これからはストックホルムを目指しなさい」と言う。その言葉を、会うたびに私に言ってくれた。私の研究内容に目をかけ、ノーベル賞をもらうような仕事をしなさいという激励と受け止め、言われるたびに本当に嬉しかった。

ノーベル賞授賞式に臨むために、12月5日の午前零時にストックホルムに飛んだ。飛行機がアーランダ空港の滑走路に滑るように着地したその瞬間、なんの脈絡もなく突然、野口先生が語った「ストックホルムを目指せ」という言葉が胸の奥から湧き出してきた。ああ、ついに来たなと思いながら野口先生の言葉に感謝し、ストックホルムに至ったなという感慨に数秒間浸った。ある新聞記者からストックホルム最後の日に「今の心境を一語で言うとなんでしょうか」と聞かれ、とっさに「至」と言った。請われて色紙にもこの字を書いたが、この「至」こそストックホルムに着いた瞬間からの私の心境であることを、野口先生の追憶とともにこの地を離れる時に再び思い出していた。

授賞式当日の午前中は、式典のリハーサルで会場となったコンサートホールに向かった。報道機関の取材などもなく、会場に入るとスタッフが分かりやすい英語で順序を示しながら実際の式典と同じようにリハーサルを行った。これですっかり緊張感もなくなり、本番でステージに向かっている時も平常心だった。受賞理由を告げられ名前を言われてステージの中央の「N」と書かれた丸いサークルまで進み出ると、カール・グスタフ国王からメダルと証書を手渡された。その瞬間に高らかにファンファーレが鳴り響いたそうだが、そのことはほとんど印象に留まらず、国王が笑顔で私の顔を見ながら手をぎゅっと握ったことだけがはっきりと記憶にある。その瞬間こそが授賞式の感激の凝縮だった。

授賞式が終了すると、スウェーデンの皇室の方々とノーベル財団の方々がステージから次々と退出する。その後に受賞者が残されると、受賞者の関係者がステージにあがってきて記念撮影が始まった。その時、娘が人波をかき分けるようにして私に走り寄ってきて、「お父さん、おめでとう」と言ってくれた時はとても嬉しかった。普段は控えめな娘であまり会話もなかったが、この時は「やはり父娘《おやこ》なんだな」と思った。

授賞式が終わると会場をシティーホールに移して晩餐会《ばんさんかい》が始まる。1300人の出席者の晩餐会と聞いていたが、会場に行ってみて、その壮大な晩餐会の設定には本当に驚いた。中央の一角は受賞者と一緒に皇室関係者や過去のノーベル賞受賞者、スウェーデンや外国からの招致者などいわばVIPの席になっているので、着席した時はやや緊張した。しかし晩餐会が始まると、両隣にいる皇室の方々と話をしているうちすっかり打ち解けてしまった。晩餐会が終了すると、二階に上がっての舞踏会である。しかし、私はホテルに戻ろうとして出口へ向かったが、私たちの案内役として終始付き添ってくれた、元駐日スウェーデン大使館員のカイさんが、「向こうに国王が手持ち無沙汰の様子でいらっしゃるので、ご挨拶がてら行ってみませんか」と言う。私が近づいていくと国王は実に気さくに話しかけてくる。建物の話になると、ストックホルムは古い建物をきちんと保存するようにして、景観を非常に大事にしているとか、大きなビルが建たないようにしているというお話をされた。

王妃は日本へ行った時の話をして、京都が大好きだったとか、京都の寿司や天ぷらがおいしくて桜もきれいだったと楽しそうに話された。ちょうどそこへ、共同受賞したキャンベル博士夫妻もいらっしゃり、国王ご夫妻を囲むようにして記念写真を撮影した。和やかで自然の流れでこのような写真が撮れていい記念になったと思う。

毎晩のようにあった晩餐会のなかで、王室主催による王宮で行われたものが最も印象に残るものであった。隣の席のシルビア王妃との会話で印象に残ったのは、シルビア王妃が「私の母親はブラジル人で父親はドイツ人だ」とおっしゃったことである。それを聞いてヨーロッパの皇族の世界に広がっている血縁を知ってびっくりした。

通常、このような話はしないと思うが王妃は、「ブラジルで日本人は非常に成功した。日本人というのは努力家で農業をやるにも頭を使ってやる」とおっしゃるのである。「こんな小さな桃を、こんなに大きくまでしちゃう」と両手でジェスチャーをしながら、「それを売って儲《もう》ける」という話をした時は、本当に楽しく笑ってしまった。ブラジルで日本人移住者が成功している話を持ち出し、楽しくユーモアあふれる心遣いをする王妃との会話は、晩餐会が終わった後も快い気持ちとして残った。

ノーベル賞を受賞した直後から、おびただしいマスコミ報道の洗礼にあった。洪水のように写真や記事が氾濫《はんらん》し、自分の全てを丸裸にされてしまったような印象を覚えた。しかし、研究生活や自身の生い立ち、信条などが何がしかの役に立つことがあるならという気持ちで、できるだけマスコミの取材には対応するように心掛けてきた。

報道されてからよく訊《き》かれるのは、私が愛用している利休帽のことである。茶道の千利休がかぶっていたものと似ているので、私が勝手に利休帽と呼んでいるが、これは密《ひそ》かに自分のオリジナル帽子だと思っている。

ある日自宅にいる時、エアコンの風を受けて頭が涼しくのども痛くなることに気が付いた。頭髪が薄くなったことと無関係ではなさそうだが、ともかくもこの涼しさを防御する手段を考えた。古くなった帽子のつばをハサミで切ってかぶってみた。室内帽なので、なんでもいいと考えてつくった帽子だが、これが存外気に入った。それで外出する時にもかぶれるようにと友人がつくってプレゼントしてくれたり、帽子屋さんに特注してつくってもらったりした。今では5つほどさまざまな色合いの利休帽があり、とっかえひっかえかぶって楽しんでいる。

ノーベル賞受賞の発表があった5日ほど前に、日課になっている散歩の途中で、石段を踏み外して転落した。数日前から風邪をひいていたため咳《せ》き込んだ拍子だった。その時、頭も打ったが、利休帽をかぶっていたので保護されて大事に至らなかった。右手首の骨にひびが入り、右のあごのあたり、そして両足に打撲傷を負った程度で収まったのは幸運だった。傷の見える部分には肌色の絆創膏《ばんそうこう》を貼っていた。受賞発表直後の記者会見でその絆創膏に気が付いた方がいたようだったが、利休帽のご利益を話す機会はなかった。

テレビや新聞などで私の写真が出て、利休帽だけでなくスーツの左の襟に付けているバッジも気になった方がいたようだ。いつも付けているのは、グリーンの「ニーラバッジ」である。これは私の生まれ故郷の山梨県韮崎《にらさき》市のイメージキャラクターのバッジで、ニーラは「神様のお使いで、魔法の力によって私たちの夢をかなえてくれる不思議なカエル」ということである。これが気に入ったことと生まれ故郷を愛する気持ちが自然と出て、人は子供みたいだと笑うだろうがバッジをいつも付けることにした。

ノーベル賞授賞式を終えて帰国する直前、私は用意した花のブーケを携えて、ノーベル賞を創設したアルフレッド・ノーベル氏のお墓参りをした。授賞式に出発する直前、ノーベル賞について研究している人からお墓のことを聞いて、すぐにそれを思い立った。

お墓はストックホルムの中心街から国際空港に向かう途中にある。ノーベル財団の理事長ら幹部は、授賞式が終了するとすぐにお墓に詣で、授賞式が無事終了したことを報告すると聞いていた。墓前には、ノーベル財団が授賞式直後に供えたと思われる新しいブーケが置いてあった。

カイさんにお願いして2015年12月12日の帰国の直前、墓地に案内していただいた。予想通り大変立派で、威厳に満ちた墓碑にしばらく圧倒されて見とれた。用意していったブーケを墓前に献じ、日本式に手を合わせてこうべを垂れ、ノーベル賞を創設した偉人に敬意を表しノーベル賞受賞者の仲間に入れていただいたことへの感謝の気持ちを伝えた。

# ノーベル・レクチャー講演要旨

## 地球からの素晴らしい贈り物
### エバーメクチンの起源とその効果

私は1965年から、微生物の代謝産物に関する研究を北里研究所で始めた。毎年2000を超える微生物を単離し、さまざまな培地で培養した。それらをさまざまなスクリーニング系を使ってふるい分け、生物活性を明らかにし、有用そうな微生物や化合物は保存し、他の研究者も使用できるようにした。

われわれは、この50年間に毎年平均して約10個の新化合物を発見してきたが、このうち人間や動物の薬となる有用なものは26個に達した。100個を超える物質が有機化学者によって合成され、世界中で有機化学や生化学の進歩に貢献した。

幸いなことに、70年代の初頭、米国化学会長を務めメルクの元研究所長でもあるウエスレーヤン大学のマックス・ティシュラー教授が私をメルクに紹介してくれた。この出来事は、われわれとメルクが国をまたいで共同研究をするきっかけになった。これは世界的にみても、大規模な産学共同研究の先駆けといえる。エバーメクチンの起源となる微生物は日本の土壌で発見したが、メルクの優秀な研究チームの存在なしには、今日のように脚光を浴びることはなかっただろう。今日、科学の進歩は学際的な研究者グループによってなされることが増えているが、エバーメクチンの研究はこのような研究スタイルも切り開いたのである。

ウィリアム・キャンベル氏とともに発見したエバーメクチンは唯一無二の重要な物質である。全く新しいタイプの寄生虫の駆虫薬で、体の内外の病原体を殺すことができる。メルクの化学者グループは、エバーメクチンを原料にしてより安全で効果的な化合物イベルメクチンをつくった。

私が最初にメルクに送った50種の微生物のうち、ある一つが最も興味深く、エバーメクチンと名付けた代謝産物を生産していた。この微生物について遺伝子解析を含む分類学的研究を実施し、*Streptomyces avermitilis* と名付けた（さらに後に *avermectinius* と改名された）。世界中で微生物の探索が行われたが、唯一、日本の土壌で見つかったこの微生物のみがイベルメクチンの工業的製造の材料となっている。

１９８１年にイベルメクチンを含む物質が動物薬となり、そして人間の治療薬としても安全で効果があることが分かった。イベルメクチンは熱帯地域の人々を何世紀にもわたって苦しめてきたオンコセルカ症に対処できる理想的な薬だと判明した。この病気は皮膚病や失明を起こし、時に患者を死に至らしめる。80年代の後半、アフリカや南米の貧しい人々は、イベルメクチンが登場するまでこの病気を防ぐすべを持っていなかった。世界保健機関（WHO）や他の組織がアフリカで行った大規模臨床試験では、体重1キログラムあたり200マイクログラムのイベルメクチンを1回投与するだけで、1カ月後には目や皮膚から（病原体である）線虫の幼虫が消失するということが分かった。

イベルメクチンが人間の治療薬として承認されてすぐ、メルクはアフリカや南米でオンコセルカ症の治療のためにメクチザンと名付けた錠剤の無償供与を始めた。2004年、私はイベルメクチンの効果をこの目で見るためにアフリカを訪れた。オンコセルカ症によって失明した多くの人々がイベルメクチンを服用したことで感染の拡大が抑えられ、1987年以来、約3700万人のアフリカの子供がこの病気の脅威を免れることができた。

2000年には蚊が媒介するリンパ系フィラリア症に対しても、イベルメクチンの無償供与が始まった。この病気の感染のリスクにさらされている人は13億人以上もおり、これは世界人口の約20パーセントにあたる。すでに約1億2000万人がこのフィラリア症に感染していたが、無償供与によって感染者は激減した。これまでに、この無償供与されたイベルメクチンの投与を受けた人は2億2700万人にものぼる。

イベルメクチンはこれまで顧みられなかった多くの熱帯病にも効果があることが分かってきた。ブラジルの研究機関との共同研究では、いくつか良い結果が出ている。イベルメクチンが地球からの素晴らしい贈り物であることは疑いようがない。

2003年には *Streptomyces avermectinius* の全てのゲノムを解読した。イベルメクチンは30年以上使われてきているが、これまで幸いにも人間にイベルメクチン耐性は発生していない。しかし、もし耐性が生じても遺伝子操作によって対応できるよう研究を続けている。

これは私が基礎研究に臨む際の哲学であるが、あらゆる問題や要求に対する解答は自然のなかにあるということを強調したい。微生物はわれわれの要求に応じてくれる無限の天然資源である。私は健康と経済社会へ恩恵をもたらす自然界の微生物を起源とする化合物をこれからも探したい。次世代の科学者にも続いてほしい。

50年以上にわたる私の研究の手法は、日本文化の「茶の湯」の大切な要素である「一期一会」という考えに影響を受けてきた。茶の湯では相手を尊敬する精神を非常に大切にし、人と出会う機会は再び訪れないかもしれないと考える。そのチャンスが現れたら、それを大事にすることが大切である。

最後に、今一度、ノーベル生理学・医学賞の選考にかかわった全ての人たちに深く感謝する。発見に至るあらゆる段階で協力してくれた人々を代表して、謹んで賞を受けたい。

# II

# 家族、ふるさと、そして思い出

# 植林——父の思い出

大きな虫眼鏡を覗《のぞ》きながら本を読む姿は、一番深く心に刻まれた最晩年の父の思い出である。90歳を過ぎ96歳で逝くまでの数年間は、長年馴染《なじ》んだ読書用の眼鏡も役に立たなくなっていた。その頃の父は、私が読み古した「文藝春秋」などのいろいろな雑誌や歴史書、小説と、身近にあるあらゆる書物を読んでいた。私の一番古い記憶のなかですら、すでに読書をする若い父がいる。以来、90歳を過ぎても続いていたのである。父の寝室の枕元にはいつも、読みかけの本やこれから読もうとする本が数冊置いてあった。年をとってからは、早く目を覚ますと横になったまま読んでいた。晩年の父にとって読書は新しい知識を得る手段というより、完全に生活の一部となっていたのであろう。

父は18歳の時に、父親と死別している。当時、姉1人、弟3人、妹1人の6人兄弟の長男として、祖母とともに一家の生活を支えた。私は手伝いの野良仕事を一緒にしている時によく、尋常小学校の勉強仲間の話を聞かされた。なかでも学生が重複して学ぶ複式学級で一緒だった、1級上の故功力金二郎《くぬぎきんじろう》氏は父にとって自慢の学友であった。氏は郷土の誉れの一人で、世界的な数学の大家となり大阪大学教授を務め、日本学士院会員になった人物である。その功力氏と父が小学校時代に勉強を競い合った話をよくしてくれたが、懐かしさのなかにも、上の学校へ行けなかった当時の自分の無念さも混じっていたように思う。

中学生の頃、勉強部屋を広げようと片付けをしていると、段ボールいっぱい、30～40冊もあっただろうか、父が通信教育を受けるのに使った「高等講義録」が出てきた。勉強を競った友達が上級学校に通うのを横目に、小学校高等科に進学したものの農業をやりながら時間を見つけてはこの講義録で勉強していたことを知り、私は怠けて遊んでいた自分の生活に恥じ入った。同時に、ラジオもまだ普及しておらずラジオ講座に助けを借りることもできない時代に、忙しい農業の合間の寸暇《すんか》を惜しんで、定期的に送られてくる講義録を学ぶ父の若き日々の姿が目に浮かんだ。父は特に歴史に明るかったが、時勢にも興味は尽きないようであった。社会情勢の話になると、90歳を過ぎた頃でも、現役の私などと引けを取らない議論をすることがあった。

父の場合、若い頃の読書で得た知識は単なる知識で終わることなく、村のリーダーとしての資質の一部となって生きていた。山梨県北巨摩《きたこま》郡神山《かみやま》村（現韮崎市神山町）という小さな村であったからこそ教育を重視して、韮崎町と町村合併する前に、父をはじめとする有志たちの計らいで中学校が統合した。私はその「韮崎町他一カ村立韮崎中学校」を卒業した。さらにこの神山村のなかの鍋山地区では、父の主導で県下一、二というほどに先んじて引いた簡易水道が、今も使われている。

父はほかにも戦後の農地改革、市町村合併問題の解決に奔走し、恩賜《おんし》林組合・徳島堰《ぜき》組合の要職以外にも小・中学校のPTA会長や副会長を務めるなどをした。小学校のPTA会長をしていた時には、学校に来て掲示板などに誤字を見つけると教員に注意をしたりして、若手の教員には怖い存在であった。そんな父も、始業式の前、他の会で出された酒で酩酊《めいてい》したままあいさつをしたりして、1級上の姉とともに恥ずかしい思いをしたことが何度かあった。

田舎の寒村にあっても周辺の町村の要職にある人々と一緒に縦横無尽の活動ができたのは、小学校卒業でありながら独学をし、「少《わか》くして学べば壮にして為《な》すあり」を地でいったからである。このような父の活動のなかで、本人自身不本意であったろうことは、2回の村長選挙に敗れたことと、国会議員で労働大臣を務めたこともある鈴木正文《まさふみ》氏の選挙陣営の参謀として選挙違反に連座し、2度にわたり検挙されたことであろう。前者は資金不足と本人は反省していたが、わが家の財政からすれば「さもありなん」と、父の落選を子供心に無念であったことが思い出される。選挙違反の時には、1カ月後に拘置所から出所してくると福々しく太っていて、「差し入れがおいしかった」などと照れ隠しに言っていた。

その後は自民党県連の総務を担当し、高名な金丸信《かねまるしん》氏などが県議会議員を務めたあと衆議院議員に立候補する際など、何度もわが家に立ち寄ったことがあるという。父はどうも、選挙になると血が騒ぐようであった。

私が生まれ育った地域に、宝亀《ほうき》2年（771年）の開創といわれる願成寺《がんじょうじ》という県下でも屈指の名刹《めいさつ》がある。源平の戦いの折、富士川の合戦などで武勲をあげ、源頼朝の覇権確立に多大な寄与をした甲斐《かい》武田氏の祖・武田信義《のぶよし》公の菩提寺《ぼだいじ》であった。父の青年時代は、明治時代の廃仏毀釈《はいぶつきしゃく》の影響と住職に恵まれなかったこともあり、寺はすっかり荒廃していた。檀家《だんか》総代や村の長老たちは寺の運営費を捻出《ねんしゅつ》するために、武田家歴代位牌堂《いはいどう》の本尊として須弥壇《しゅみだん》に安置されていた寺宝ともいうべき阿弥陀《あみだ》三尊（阿弥陀如来像と脇侍《わきじ》の観世音菩薩《ぼさつ》、勢至《せいし》菩薩。平安時代末期。内刳《うちぐ》りのあるヒノキ材寄せ木造り）を売却することを決めてしまったという。それを知った父を中心とした村の青年たちは連名で売却反対の旨を書き、県、新聞社そして主な曹洞《そうとう》宗寺院に請願して歩いた。私が小学校の頃、その時に作成した署名のある和紙の綴《つづ》りを見せてもらいながら、この話を聞いたことがある。この売却反対運動は功を奏して仏像は寺に留まり、それから間もない1939年に国宝（のちに重要文化財）に指定された。これらの仏像の尊さとその価値を理解できたのは、当時の村の様子からして驚くべきことであり、これこそが父の独学の賜物《たまもの》であったと思う。成人して、私のいろいろな慶事の折など「阿弥陀さんのお陰だ」とよく言っていた。この仏像売却反対運動は父の最も自慢にしていた物語ではあったが、当時の村の長老たちを敵に回したことも事実で、後の村長選などでことごとく出る杭《くい》として打たれたようであった。

時には願成寺の仏像のことから話が進み、わが神山村の歴史をよく聞かされた。武田信義公から15代目が武田信玄《しんげん》であること。北宮地《きたみやじ》の武田八幡宮は信義公の勧進《かんじん》と伝えられているが、その本殿（国の重要文化財）は信玄が寄進したものであること。村人が城山（白山《はくさん》城跡、国指定史跡）と呼んでいる城跡とむく台（むく平）と称するのろし台などは、信義公以来の史跡であるといったことである。今の私の歴史好き、そしてそのなかにロマンを感じるのは、父からの影響が大である。

家のなかでは酒を飲んだあと以外はあまり話をしない父であったが、連れだって田んぼや畑に行った折、また山仕事の時など、農業に必要な技術や知識をこまごまと教えてくれた。

当時の農作業では、馬は欠かせない存在であった。その馬の扱いで大事なことは、「人をみるのでお前の体は小さくても堂々と御《ぎょ》すること」「やさしくしてやると覚えていてよく言うことを聞く」である。その父の教えは、いまだに忘れられない。私が小学生の頃に、こんなことがあった。隣村にある母の妹の家に田鋤《たす》きの手伝いのために馬をともなって出かけた。父に、「酒をいただいて帰るから、お前は馬に乗って先に帰るように」と言われた。

私は道程3キロの帰路の途中、馬の背で眠ってしまった。気が付くと馬小屋である。馬は自宅に到着したあと小屋に入って、私が目覚めるのを待っていたのだ。飼料の草を刈り、葉を切って与えることなどを通して、馬と子供の私とはすっかり馴染んでいたのであった。米俵を結い馬の鞍《くら》に載せて縛り付けるといった農業をやる上で必須であるが高度な技術も、中学生の頃までにはすっかり身に付け、近所の人々を感心させた。これなども、父の要領の良い指導の賜物であった。

夏の楽しみとして、よく夕飯を済ませてからカンテラと銛《もり》を持って父のあとを追い、ウナギを捕まえに行った。そんな時の父は「ウナギは太平洋で産卵・孵化《ふか》して富士川を上り、ここまでやってくる」などと話し、私の好奇心を大いにかきたててくれたものである。

そんな父はまた、新しいものが好きであった。当時の村では持つ者がいなかった最新のラジオや蓄音機（レコードプレーヤー）など、町の電気店に試作させては家に運び入れた。ある時は、町の鍛冶屋《かじや》に特別注文をして、近所の友達が持っていないようなスケート下駄《げた》をつくらせ、私にくれた。それを与えられた時もそうであったが、ほしいものがどうして分かるのだろう、と不思議に思うようなことがよくあった。

当時の農家のご多分にもれず、父は長男である私にはいろいろな面で家長となるべき育て方をした。特に、小さな頃から躾《しつけ》には厳しかった。冬の朝など背を丸めて手をポケットに入れて寒がっていると、大声で叱られた。上級生にやり込められてめそめそしていると、家に入れてくれなかった。「弱い者いじめは絶対にやるな」とか、自身が範を示しながら、「約束事は必ず守らなければいけない」など、折々によく言われた。

山にもよく連れて行かれた。多くはヒノキ、アカマツ、カラマツなどの植林のためであった。そんな時の父は、「これらの樹木は自分の代には切り出せるようにはならないが、将来お前たちの代になると役に立つ。そして、今切り出している材木は、先祖の人々のお陰」というようなことを、しみじみと語っていた。今の世のなかにとって、先祖を敬い子孫を思いやることこそ最も必要なことではないかと、ことあるごとに父のこの言葉を思い出す。

○○組合長、△△委員長などと忙しい生活をしていた戦中・戦後の時期は、われわれ兄弟の教育盛りで、祖母、母とともによく働いていた。ホップの栽培など、収入の道をさまざまに開拓していた父の姿を思い出す。なかでも養蚕《ようさん》は最も現金収入が多く、それは子供たちの教育費にあてられた。われわれ子供たちもよく手伝いをしたが、今日でもそうかもしれないが、当時では兄弟5人全てに大学までの教育を施すということは並大抵のことではなかったと思われる。その苦労を支えていたのは、父が若い時に上級学校に行けずに独学した悔しい思いであったのだろう。

当然のことながら、長男に家を継がせ一緒に暮らすことが両親の夢であった。しかし、社会情勢の変化から、父は農業だけでは成り立たないことを感じ取っていたようにも思う。

私は県立韮崎高等学校3年生に進級して間もない頃、虫垂炎《ちゅうすいえん》の手術をした。その折、しばらくスポーツをやめて本を読んでいる姿を見た父は、大学へ行く希望があれば行ったらよいと言ってくれた。それまで、大学へ行くことなど考えもせず、いずれは農家の跡継ぎとばかりに、ろくに勉強もせずに好きなスキー、卓球、サッカーなどと体を動かすことしかやっていなかった私にとって、前途が明るく開けたような気持ちになった。中学校卒業までは躾の厳しかった父であったが、こと勉強については一切口を出さなかった。しかし、父のこの一言で、他の級友たちはずっと前から始めていたであろう受験勉強に、遅ればせながら取り組むことにした。受験雑誌を手に、1日数時間しか眠らないほどの猛勉強を開始したのだ。無理をして体調を崩してその頃から始まった耳鳴りは、わが青春の名残のように今も続いている。

短期間ではあったが猛烈な受験勉強が功を奏して、家から通学できる甲府にある国立山梨大学学芸学部自然科学科に入学が叶《かな》った。大学ではほどほどに学び、ほとんどをスポーツに明け暮れして4年が経《た》った。両親が私の就職先として、県下の中学または高校の教師を望んでいたことは、言うまでもなかった。しかし、卒業をした1958年は不況の真っただなか、県下での採用は体育教師のみであった。やむをえず県外の教員採用試験を受けることにし、いくつか受けたなかで最も難関であった東京都の高等学校教員採用試験に合格した。合格通知を追うようにしてきた電報が、「ミヤケコウコウキボウアレバ　スグレンラクヲマツ」という三宅島《みやけ》の都立高等学校の校長からのものであった。２０００年の噴火で、全島民が4年5カ月という長い避難生活を強いられていた、あの三宅島である。

電報を受け取って地図を見ると、離れ小島で交通もままならず、韮崎に帰ってくることも容易ではなさそうであった。そのため断って、他の高校を探すことにしていると、父は親戚や知人を頼って、私の就職活動を応援してくれた。その父の尽力によって、江東区深川《ふかがわ》三ツ目通りそばにある東京都立墨田《すみだ》工業高等学校の教員に就職することができた。この高校への就職が私の生涯の大きな節目となり、ここを拠点に今度は私の高校教師をしながらの苦学が始まり、やがては研究者への道へと入って行けたのである。その当時の父は60歳近くであったはずだが、息子の就職のために東京まで出て行き歩き回る姿は、父親としての務めを果たそうとする思いのあふれるものであった。そのあとは、研究生活、職場の遍歴といろいろあったが、こちらが相談にのってもらう時以外は一切口を挟まず、じっと見守ってくれた。

父は酒が好きで、青年の頃に禁酒会の会長をやったと、変な自慢をしながらもよく飲んでいたが、晩年は大好物の魚料理を肴《さかな》にきちんと定められた分量の焼酎を晩酌にするようになっていた。しかし、私が帰省するとそれに託《かこつ》けて、「智が帰ってきたから、今日はもう一杯いただくことにしよう」などと分量が増し、私にも勧めた。

子供たちを普段はそれとなく見守り、必要な時は適切な行動を起こし、陰で子供たちの成長を喜んでくれていた父は、96歳の天寿を全うして亡くなった。亡くなったあと、古くて大きな菓子箱いっぱいに新聞の切り抜きが出てきた。それらは全て、私の受賞をはじめとする活動にかかわる新聞記事であった。

## 占い師の一言

これも、父にまつわる遠い思い出のなかの出来事である。

今は亡き父は村の公職をいくつも引き受けていたこともあり、よく旅回りの劇団の団員や浪花節《なにわぶし》語りなどを家に泊めていた。ある日、いつもの人々と違い、身なりが一段と異様な人物が訪ねてきた。髪を剃《そ》り、一見するとお坊さんのようであったが、父が「占いをしてお金を貰《もら》いながら旅をしている人だ」と教えてくれた。ある時、その人が父とともに縁側に腰掛け、身振り手振りを交えながら、父に話をしていた。物珍しくもあり、2人の話が聞こえるところまで寄り、耳をそばだてた。話の前後は覚えていないが、彼の話のなかでただ一つ、今日まで時々思い出すエピソードがある。それは、「西に山を背負い東に向かって開けた地形・立地から、この村は将来栄えることになり、優れた人物も生まれるであろう」という内容であった。子供ながらも、それを聞いて嬉しかった。私が小学校5、6年頃のことだったろうか。

西に山を背負い、東に向かって開けている地形と未来が開けることにどんな関係があるのか分からないが、それは本当のことかもしれないと思ったことは、これまでに何度もあった。実家の裏山の一つに白山城跡がある。そこに登って韮崎の町、延々と続く釜無《かまなし》川の川筋、そして奥深い秩父《ちちぶ》の連峰を眺めながら、占い師の話を思い出したことがあった。そしてまた、ある時のことである。韮崎の市街地から見えるわが村落は、800年あまり昔、甲斐武田の始祖・武田信義公が構えた先の白山城の麓に見える。小山を城の立地としたことは、真に先人の知恵を思い知るのに十分である。われわれが城山と呼ぶこの城跡は、断層によってできた大がれを剥《む》き出しにした、急峻《きゅうしゅん》な山肌を見せながら連なる山々に囲い込まれるようにある。その両端にのろし台跡が見える。信義公が城を築いた当時は、城を中心に栄えた特別な場所であったことを思い、またしても占い師のあの言葉を思い出した。

今はどうだろう。他の村と比較して貧しい村ではないかと、子供心に思ったこともたびたびであった。占い事は良くも悪くも心の奥に引っ掛かっている。子供の時から傘寿を過ぎたこの歳《とし》まで続いているのが、この占い師の言葉である。そのような時を経て滲《し》み出るように考えついたことは、「放っておいて発展するわけがない。小さくとも自分で何ができるかを考えて、実行してみることだ」ということであった。そう思って、何が良いかを思考しているうちに、思い付いた。私の古い生家を改造して「蛍雪寮《けいせつ》」と名付け、学生のセミナーなどに使うことにした。夜は車を借り、学生たちを連れて近くの温泉に行っていた。そこで、近くに温泉を掘り当てる試みを始めることにした。地盤が強固で、掘削に時間がかかったものの、幸いにして良い泉質の温泉（湧出量260リットル／46度）を掘り当てることができた。次に、若い頃から趣味で蒐集《しゅうしゅう》していた美術品、特に最近では女子美術大学そのものを顕彰しようと集めた卒業生の作品も大勢の人々の協力で充実したものになっているので、これを展示する美術館を温泉に隣接して建設することにした。それが現在の韮崎大村美術館である。

今にして思うのは、占い師の言うことをわれわれの努力目標として捉え、それに向けて知恵を出し実行していくことで実現されたものが多かったという事実である。

80歳を過ぎた今日、実行できる自分の過程に感謝しながら、残る余生を生きたいものだ。

## 「ごくも」を背負って

今から20年ほど前、ひさびさに雪の朝を韮崎市鍋山上小路の家で迎えた時のことである。その前日の夜から降り続いていた雪は、朝には25センチを超えていたように思う。外は一面懐かしい冬景色となり、何か浮かれた気分になった。起きて早々に寒さを忘れて松の枝に支柱をしたり、古い家から往来に続く道の雪掻《ゆきか》きをしていると汗ばんできた。雪のなかで汗を流していると、懐かしい子供の頃のことがつい最近のことのようによみがえってきた。

冬に雪が降るということが、子供の私にとってどのくらい嬉しいことであったか。仕事を休めるうえにスキーができるという2つのことが重なって、とにかく浮き浮きしたものだ。夕方見た時は積もると思っていた雪が翌朝起きてみると、うっすらと白くなっている程度の時は本当にがっかりした。

冬になると、夏の間にはない仕事が小・中学校から帰った私たち兄弟を待っていた。それは裏山へ「もしき（薪）」を採りに行くか、「ごくも」掃きに行くことだった。

ごくもというのは松の枯れ葉のことで、かまどにマッチで火をつける時にこれを使うと火がつきやすい。松林で熊手を使って集め、背丈ほどもある籠に入れて家へ運ぶ仕事は、この地方では特に子供の仕事だった。今は山に入るとたくさんのごくもがあるが、昔は各家々で掃くので、たくさん集めるのに時間がかかる。籠いっぱいのごくもを背負って山の急で細い道を下りるのは、難儀なものだった。ましてや夕暮れの山道は子供の足には過酷で、籠を背負ったまま何回も尻もちをつきながら帰ったものだ。

もしきを運ぶのには、もっと苦労した。父の手伝いで出かけて背負子《しょいこ》にいっぱいもしきを背負って山を下りる途中、木の枝に背負子が引っかかり、力まかせに通ろうとして、その引っかかりがとれたはずみで3メートルも吹っ飛んだことがあった。また、背負ったもしきの下敷きになった時には、何か山に覆い被《かぶ》さられたような気がして、なかなか起き上がれないこともあった。「今日は勉強があるから」と言えばこれらの仕事は放免になるが、そうそう勉強ばかりはしていられない。それは冬の間の子供の仕事として、なかばノルマとなっているからである。そうして集めたもしきとごくもが農家の1年分の燃料となるのであった。

それから半世紀近くが経って、その頃よく登った裏山を歩いてみたことがある。子供の頃にはもっと高く、遠いと感じていたものが、その時は近く、低く感じた。それ以上に、山が荒れているのに驚かされた。今は誰ももしき採りをしないし、ごくもを掃く人もいない。かつて通った山道は所々に昔の面影を残していたが、いばらや枯れ木が重なり合ったりして、ほとんど形がない。山の手入れをする人もいなくなったのであろう。

かつて父や村人たちと一緒に植林した山は、松や杉は大きくなっていたが、そのほかの雑木と同様に蔓草《つるくさ》にからまれ、かつての美しい山の風景ではなかった。のろし台の跡に立つと甲府盆地が一望できたものだったが、今は全く眺望もきかず、密林のなかにいるがごときであった。複雑な気持ちで裏山を一周して帰ってきたが、小枝や蔓草を払いながらの山歩きとなり、疲れだけが残った一日であった。

その裏山も雪ですっかり覆われてしまえば、子供の頃に竹でつくった即席のスキー道具をかついで眺めた景色と変わらない。

当時は、フロンガスなどによるオゾン層の破壊や二酸化炭素による地球の温暖化が危惧されている上に異常気象が続いていた。かけがえのない地球が病気になってしまったような思いがしていたが、たっぷり降った雪を見ていると地球がほんの少し小康状態を保っているような、何かホッとする気持ちであった。

# 夕暮れ――母の思い出

夕暮れの雲に残る明るさの下、遠く粟粒《あわつぶ》ほどに見えてくる人影をさして「お母さんが帰ってきたよ」と、お子守りが言う。お子守りに手を引かれ、体を伸ばすようにして指さす方向を見て、嬉しくて足をぱたぱたとさせる……。これは私の母への記憶のなかで、最も古いものの一つである。その母も1998年12月の寒い日、93歳で亡くなった。

母は田之岡《たのおか》村（現山梨県中巨摩《なかこま》郡八田《はった》村）から嫁いできて以来、隣の清哲《せいてつ》村の小学校に教師として勤めながらわれわれ兄弟を育ててくれた。お子守りが、母とともに4キロも離れたその小学校に連れて行ってくれたこともあった。そんな時、母はピアノ（根津嘉一郎《ねづかいちろう》が山梨県下の全小学校に寄付したものの一つ）を弾いてくれた。当時、ピアノは学校にしかなく、それを弾いてくれる母の姿は自分の母親というより、何か見知らぬ素敵な女性のように映った。それが自分の母であることが嬉しくて、小学校の教室をはしゃいで跳び回っていたことをも思い出す。また、先生の子供が来たというので、上級生などにおんぶをしてもらったり、手を引かれて校内を見て回ったり。その時の情景はいまだに忘れていない。

先日、車で学校のそばの道を通ったが、大きな桜の木だけが残って校舎は跡形もなく、集会場らしき建物があった。母は私が小学校5年生の頃、私が通っていた神山小学校に転勤してきたが、終戦とともに教員をやめた。私はそれからの母の生活にこそ、多くを学ぶこととなった。

終戦を迎えた年、私は10歳になっていた。その後の記憶はかなり鮮明である。戦後の農地解放とともに、母は退職後も家に引きこもることもなく、百姓仕事をせざるを得なくなっていった。あのピアノを弾いていた細い手に鍬《くわ》を持ち、小さな体に大きな籠を担ぎ、田や畑に父と一緒に出かけて行った。やがて父に村の農地委員や徳島堰《ぜき》組合などの要職が増えて出かけることが多くなった頃は、祖母とともに農業を守っていた。といっても、初めは見よう見まねの仕事であったであろう。

母は1906年（明治39年）10月2日の「丙午《ひのえうま》」の生まれである。この年に生まれた女の子たちの多くが自殺をしたり嫁にも行けなかったり……というように、悲惨な生涯を送った人の様子をよく母から聞かされた。母方の祖父は神主で、しかも各地の官選村長や郡長などを務めたこともあった。その祖父が母の子供の頃から将来のことを思い、6キロも歩いて通う甲府の女学校や専門学校へと通わせ、教員の資格を取らせた。

当時、田之岡村は県下でも屈指の養蚕の盛んなところで、母も桑摘《くわ》みなどを手伝っていたようである。桑を摘むことにかけては、祖母にもひけを取らないだけの技術を身に付けていた。その経験が、後にわれわれ兄弟姉妹5人全てに大学教育を受けさせるのに役立った。祖母は息子である私の父が18歳の時に連れ合いに先立たれ、その後は女手一つで6人の子供を育て上げただけに気丈夫であったので、母の百姓仕事は気が抜けないことの連続であったと思われる。そんななかで父などより遥《はる》かに上手であった桑摘みの技術は、彼女を精神的にも支えていたであろう。

私が成人した頃、母の日記を見せてもらう機会があった。教員時代から日記を書いていたが、それは教員をやめて百姓仕事を始めてからのものであった。特に養蚕を始めてからの日記には、実に克明に書かれた蚕の成長の記録があった。蚕は気温、湿気などに左右されて成長が遅れたり、卒倒病や軟化病などの特有の病気の発生をみる。それらをどうして防ぐかや、桑の葉の与え方なども記入してあって、真に研究成果の記録である。それが通り一遍のものではなく、毎年毎年の様子を記述して欠くことがなかった。

勤めを辞めて何年か経つと、近所の人たちから蚕の具合をいろいろと尋ねられ、教えるようになっていた。村の人たちからは「先生」「先生」と言われていたが、それは元先生という意味からではなく、現役の養蚕の先生の意として迎えられるようになっていたのだ。

われわれ兄弟はこの先生に朝日の昇る前に畑に連れて行かれ、登校時間ギリギリまで働かされた。こうしてわが家は養蚕にかけてはいつも繭《まゆ》の検定に合格するなど、村で一、二を誇る成績を上げ、品質の良いものを生産していた。この、母が活躍した時期こそが戦後のわが国の養蚕の隆盛期であり、それにかけた両親の労働のお陰で私を含めた5人の兄弟姉妹が全員大学を卒業できたのである。

養蚕の他にもわが家には水田もあり、教員を辞めてから始めた田植えも、いつの間にか村人に交じって遜色なくやれるようになっていた。あの小さな体と細腕で、しかも40歳近くなって始めた百姓仕事を完全にこなして、70歳近くまで働き続けた。しかしその後の母は、父が田んぼに出てもついて行こうともせず、家にいて縫い物や家事に専念するようになった。

私が両親のために建てた家に移った頃には、耳が遠くなったものの、足腰もしっかりして父よりも速く歩いていたが、一度転んで大腿骨《だいたいこつ》を折ってからは急に体が弱くなった。90歳を超えてからは車椅子の生活になり、父も同じような状態になっていたうえ、妻の文子も病弱であったため仕方なく甲府の老人ホームに入ってもらい、父は韮崎の家でお手伝いさんに住み込みで介護をしていただいた。

われわれ兄弟がホームに会いに行った帰り際には、もっとそばにいてくれと言わんばかりに、「さようなら」を言ってもなかなか返事をしなかった。それを思うと気が重くなりがちであった。そんな時でも、若い頃の話や小学校の教員時代の思い出、養蚕のことなどを話題にすると、目を輝かせていろいろと話をした。

「女学校時代の田之岡から甲府への通学は大変だった。お腹《なか》が空いてよく食べた竜王の焼き芋屋の芋がおいしかった」「昔の人はヒノエウマなんて迷信をつくって、バカなことを……」「雪で竹藪《たけやぶ》の竹がたくさん倒れて道をふさぎ、それを払いながら清哲小学校へ行った」「お前の子供の頃はじっとしていなくて苦労した」「養蚕といっても頭を働かせなければだめだった」などなど。そして最後にはいつも、「お母さんを早く家へ連れて帰って」で話し終えるのが常であった。

## 敦子姉さん

甲府盆地の北西側のはずれにある韮崎の私の生家からは、北側には八ヶ岳《やつがたけ》、東側に日本百名山の名付け親・深田久弥《ふかだきゅうや》の終焉《しゅうえん》の山である茅ヶ岳《かやがたけ》、その奥は金峰山《きんぷさん》、国師ヶ岳《こくしがたけ》、甲武《こぶ》信岳、大菩薩嶺と連なる秩父連峰、そして南側には御坂山地の上に聳えて霊峰富士が見える。家から最も近いはずの西側の南アルプスの山々は間近にある裏山の陰に隠れて見えないが、このような名だたる山々に囲まれて育った。そこからして、真に山猿と言われても仕方がない。

一方、私が海を初めて見たのは小学校2年の頃。父に横須賀《よこすか》にある母方の叔母《おば》の嫁ぎ先に連れて行かれた時で、久里浜《くりはま》の海岸であった。

それ以前の小学校に上がる前後のことであった。腕白仲間の一人立花君の家は、第二次世界大戦後に農地解放政策で土地の大部分を失ったが、戦時中であった当時は神山村といったわが村一番の資産家であった。その屋敷に大きな池があった。ある時、コイを摑《つか》もうとして池にはまった。その時の池は広く、深かった。

同じ頃、祖母に連れられて、祖母の甥《おい》の住む富士吉田に行く道中で河口湖畔に寄った。上級生たちが歌っていた「海は広いな、大きいな〜」という唱歌を思い出して「海は広いな！」と歓声を上げた。しかし、「智、これは海じゃないよ。河口湖という湖なのだよ」と、祖母は言った。でも、立花君の家の池より遥かに大きかった。

そんなことがあってしばらくして、久里浜海岸に立ったのである。

今にして思えば、少年期初期のごく身の回りの事柄から次々と広がっていったこれらの経験は、なんとも言いようのない将来への不安と、成長とともに出会っていくであろう何かへの希望を抱えていた頃のことであった。

その後、横須賀行きは、中学生の頃まで夏休みがくるたびに続けられた。泳ぐことについては、生家の近くを流れる徳島堰の急流で上級生に鍛えられていたので、静かで自然に体が浮く海での泳ぎは楽であった。また、大海で泳ぐ気分は徳島堰では味わえない開放感に満ちていた。背泳ぎをしていると、見えるものは空ばかり。海の大きいことも思い知らされた。

実は、横須賀に行く楽しみは別のところにあった。敦子《あつこ》姉さんに会えるからである。姉さんと言っても母の叔母の娘であるが、歳があまり違わないので、われわれ兄弟は「敦子姉さん」「敦子姉さん」と親しく呼んだ。当時、敦子姉さんは女学校に通っていて、こんなことを言うと仲間の女性たちからはやり込められてしまうが、われわれ山猿には見られない凛《りん》とした気品をそなえた別嬪《べっぴん》さんであった。当時の映画女優の原節子を一回り小さくした感じであるが、もっと別嬪に見え、われわれ5人兄弟の憧れの人であった。

横須賀に通っていた頃のこと。私は行けなかったが、小学校に上がったばかりの5つ年下の弟が一人で横須賀に行った。幸運にも、別嬪さんに連れられて「猿島《さるしま》に海水浴へ行ってきた」と本人は自慢そうに話していた。ところが、しばらくして誰とはなしに聞いて分かったことであるが、横須賀の沖合にある猿島に海水浴に行った時に、弟はどうしたことか海水パンツを海のなかで流してしまい、フリチンで海から上がってきたというのである。本人も慌てたであろうが、敦子姉さんの目のやり場のない様子を想像し、パンツを失ったということより、憧れの姉さんを窮地に追いやったその弟・泰三に、「このバカヤロー」と、心のなかで叫んでいた。

## 「怒るな働け」

私が上京して東京都立墨田工業高校の教員をしていた頃に、同僚の井伊尹《いいただし》先生の紹介で妻の文子と出逢《であ》った。

将来研究者になる人と結婚したいと言っているという。文子と会う前に、義母となる文子の母親に会うことになった。会ってみると実に温和でそれでいて事の節々に聡明《そうめい》さを感じ、「この人の娘なら」と思って娘に会うことにした。いわゆる、見合いである。当時の文子は、嘉悦《かえつ》学園短期大学（現嘉悦大学）卒業後に日本女子大学で学び、教授に大学院進学を勧められているとのことであった。明るく天真爛漫な人柄に惹かれて、東京理科大学大学院修士を修了すると同時に高校教員に終止符を打ち、山梨大学の教員になる時に結婚した。

文子の実家は新潟県糸魚川《いといがわ》から松本方面に延びる、昔は塩の道と呼ばれた国道148号線（大町市以降は国道147号線）のあった記念となる交差点そばにあった。かつてはデパートを経営していたが、今は人手に渡っている。結婚式では武田信玄と上杉謙信《うえすぎけんしん》の話が中心となり、塩を贈られたわれわれ甲州の親戚一同には分の悪い状況であった。文子いわく、「謙信は純粋だった」。そして「信玄は親をも追放した悪人だ」とも。この話題になると、2人とも一歩も譲らなかった。今では懐かしいかぎりだ。

義父・知正は極めて厳格な人で、曽祖父は糸魚川藩の城代家老職にあったという。初対面では、「世が世ならば娘を一百姓の小倅《こせがれ》に嫁がせるわけにはいかぬ」といった雰囲気で、われわれの結婚をあまり気に入ってはいないようだった。ところが、しばらくすると婿の自慢話をするようになっていたという。義父は、男3人女1人の子供たちの躾には厳しかったようだ。後の彼女の闘病生活の時々や、北里研究所に入ったばかりの頃に私が2度ほど辞表を出した時の、研究者としての考えを貫こうとする私を支持しての文子の対応には、天真爛漫に見える心の奥に父親譲りのきちっとした強い意志を感じたものだった。

それにしても、新婚時代を過ごした甲府での生活は、文子には過酷であったと思う。慣れない生活に加え、盆地特有の冬の寒さと夏の暑さには閉口していたようである。ある夏の日の夕方、帰宅すると文子が冷蔵庫の扉を開けて背中をつけるようにして涼んでいた。冷暖房のついた家に住むようになったのは、上京してしばらく経ってからのことである。粗末な住まいでの生活は、かつて経験したことがないほどに難儀であったと思う。それでも、体調を崩しながらも、駆け出しの私の応援をしてくれた。給料のほとんどで本を買い、時には実験器具を購入するなどをしていたので、生活費は持参金や糸魚川の実家からの援助で賄うといった苦学生のような生活に文子を引き込んだようなものだが、よく耐えてくれた。そればかりか、夜間実験をしていると夕食を運んでくれたり、実験データの計算などをよく手伝ってくれた。そんな生活での文子の唯一の楽しみは、数日の里帰りであった。父親の経営するデパートの手伝いをしたり、母親との時間を過ごしたようであった。帰り際には「お土産《みやげ》」といって、生活を支える食料品を段ボールいっぱい別便で送り、母親からは小遣いをもらって帰ってきた。

私が研究に疲れてくると、いつの間にか親戚に頼むなどして北陸の温泉を予約して、気分転換をはからせてくれた。

2年間の甲府での生活後に上京した。それからは住み慣れた東京であり、行動範囲も広がり、友人たちとの付き合いや英会話などと楽しみも増してきたように見えた。それでも、私の研究を支える気持ちに変わりはなく、公文塾を開いたり、家庭教師をしたりして生活を助けてくれた。

そのような状況下で、ロイコマイシン、タイロシンおよびスピラマイシンをはじめとする一連の抗生物質の研究が一段落すると、今度は私のほうが研究をすることが困難なほどに体調を崩してしまった。温泉に行ったり、医者に行ったりしたのだが、なかなか回復しない。多分に精神的なものがあったようである。海外旅行でもしてみようかと言っている時にちょうど、国際薬学会出席と医療医薬研究施設の見学旅行が日本薬学会で計画された。義母の援助でその視察団に参加し、文子とともに27日間のヨーロッパ旅行をすることができた。この旅行は、私のことを気遣っての計画であった。これが私にとっての最初の海外旅行であり、その後の思考や行動、そして国際的視野を持つ源となった。

それ以降、文子を伴って数多くの海外旅行に出かけているが、この旅行は忘れることができない。また、北里研究所の存在が国際的なものであると気付き、それまでに何度もやめようと思っていた北里研究所を拠点とした研究活動の意思を固める基になったのも、この旅行を通してであった。

この旅行での文子は何枚もの持参した着物を着て楽しみながら、ロンドンの国立劇場でハンガリー国立舞踊団の公演を見たり、美術館を訪ねたり、また、ミュンヘンでは大好物のビールを大ジョッキで飲んだりしていた。おそらく彼女にとっても、生涯忘れることのできない旅となっていたと思う。

ちょうどその体調を崩していた頃であったか、彼女に連れられて精神科医を訪ねた時に、研究に熱中し過ぎているので何か他の楽しみを持ったほうが良いということになった。「パチンコとか、ゴルフをやってみてはどうか」と言われて、ゴルフが始まった。したがってゴルフ行きはわが家では公認となり、気楽に出かけていた。

家では、外国の学者仲間を招待してのホームパーティーをよく開いた。買い出しから料理まで2日がかりで準備をし、その応対には万全の気を配った。後々まで、文子の献身ぶりは海外の友人たちの話題にのぼっていた。また、恒例のわが家での新年会が、午前中から夜遅くまで入れ替わり立ち替わりの大賑《おおにぎ》わいになるのも、彼女の人柄によるものであった。一方で、乳がんの手術をしてからは片腕に力が入らなくなっていたのだが、それでも自転車にいっぱいの荷物を持って帰ってくる姿など痛ましくもあった。

文子の際立った社交性には、いろいろな場面で助けられた。1994年のドイツ旅行中に、バイエルの重役であり、かつドイツ科学アカデミー・レオポルディナの会員であるシュヴィク教授の自宅に招かれた時であった。私は不眠が重なり疲れ切って、招かれながらも主人と話すのも困難な状態であった。そんな時こそ、文子の持ち味が十分に生かされたのである。私が長椅子に横になって休んでいる間中、先方の客を相手に堂々と会話しかつ飲んで時をやり過ごしてくれた。そのようなこともあり、招待された海外旅行にはなるべく同伴で行くことにしていた。

私の趣味はゴルフと美術鑑賞で、仕事の息抜きに両者をほどよくアレンジしていた。海外に行った時は、よく美術館巡りをした。彼女はもともと能や歌舞伎の鑑賞を趣味にしていてよく出かけていたが、私に付き合って美術館巡りをしているうちにすっかり馴染んで、よく一緒に出かけた。何事にも順応性があるということもあったとは思うが、それ以前に私に合わせるように努力してくれていたのだと思う。

文子のものの考え方や行動の基になっているものは、先に述べた生い立ちもさることながら、もう一つ考えられるのは、嘉悦学園短期大学を卒業しているということだろう。この学園の前身は、江戸時代から明治時代にかけて活動し実学の精神を持って弟子たちを指導した思想家・横井小楠《よこいしょうなん》の高弟である嘉悦氏房《かえつうじふさ》の娘・孝《たか》によって創立された東京女子商業学校である。同校は、子女にも自立できる技能を持たせることを目標としていた。この大学を卒業していたからこそ、文子は私の苦学時代を支えてくれることができたと思う。また、この学校で学んだことで生涯の恩師・関《せき》ちか先生に師事することになり、ややもすると沈みがちになったわれわれの生活が無事に過ごせたのだと思う。彼女は晩年、楽しそうに関先生、そして周りの友人たちの話をしてくれた。

文子からのプレゼント、額縁に入った孝の書「怒るな働け」が今でも机の上に置いてある。彼女が嘉悦学園同窓会でいただいてきたものである。「あなたにピッタリの言葉がありますよ」と言って、私に手渡してくれた。何かユーモラスな言葉であるが、真の意味を理解するのはずっと後になってからであった。

北里研究所入所6年目の1971年に、アメリカのコネティカット州ミドルタウンにあるウエスレーヤン大学で、研究生活を送ることになった。このミドルタウン時代は、文子の生涯で最も楽しい時であったと思われる。また、われわれの結婚生活のなかでは一緒にいた時間も多く、思い出には事欠かない。

マックス・ティシュラーの計らいでドミトリーに入居して間もなく、文子は町の小学校で夜間に開いている移民を対象とした英会話教室に通い始めた。読み書きはできるのに話すことがままならない様子は異色であったようだが、間もなく日常会話をマスターし、持ち前のキャラクターで大学の学生や教職員、あるいは家族との交流を深めた。よくホームパーティーを開いて学生や化学の教授を招いてくれたと前述したが、当初は私が手伝うこともなく椅子にふんぞり返っているのを訪ねてくる人々はいぶかっていたようだ。しかし、やがてそれが日本流ということが分かってくると、文子のかいがいしさにわが家の客たちは男性も女性も彼女の手伝いをするようになった。時には、友人のW・セルマー博士とグロトン湾を彼の全長20メートルもあるボートを飛ばし、ブリを釣りに行ったりした。その時の彼女は、子供のようにはしゃいだ。あめ色のゴム管を太い針金に付けた釣り針を、いくつも太い糸の先に付けただけの釣具で、2〜3匹のブリが同時に掛かってくると彼女の力では引き寄せられず大騒ぎをしていた。その場で刺身用にさばいてもらって家に持ち帰り、刺し身パーティーを何回したことか。

ある時、化学科の教室でサークルが終わっているのに文子が中心になって何かをやっている様子なので覗いてみると、算盤《そろばん》を教えていた。ボランティアで日本から取り寄せた算盤を用いて算盤教室を聞き、学生や職員に教えていたのだ。そんな時、コンピューターと彼女の暗算とではどちらが速いか競争することになった。足し算、引き算、そして簡単な掛け算と割り算は彼女が勝って、家に帰ってくると得意満面で自慢していた。また、アメリカのスーパーマーケットの停電時に、彼女が暗算で買い物客の支払い額を計算してみせた時の彼女の得意顔を、今も思い出す。

中古のフォード社のギャラクシー500を手に入れてからは、よく一緒にドライブをした。その大型の車は文子が運転を始めることに繋《つな》がったのだが、前から見ると顔だけしか見えず子供が運転しているようであった。それでもスーパーマーケットによく買い物に出かけていた。彼女が運転できたことは、後に研究費の確保のために車を走らせ遠方の製薬企業を訪ね回った時、気持ちの上で救われた。

やることに思いっきりがよく、その上、人の気持ちをそらさない持ち前の気性はアメリカ人に受けて、キャンパスの人気者であった。ある時、いつも文子が運んでくる段ボール箱入りの昼食セットを持ったアメリカ化学会の会長を務める偉大な化学者マックス・ティシュラーを従えて、手ぶらの文子が私のオフィスの入口に立っていた。私は目を疑った。実は、玄関で大きな箱を抱えた彼女に、ティシュラーが「自分が持ってあげる」と言い、箱を取り上げて運んできたのであった。私はほとんど日本食しか食べないので、昼食は毎日彼女が自宅でつくり、研究室に運んでいたことを知っていた彼一流の茶目っ気であったと思うのではあったが、私はただただ恐縮するばかりであった。

アメリカ滞在中は2人とも健康で医者に行ったことがなかったが、一度だけ、文子が高熱を出してうわごとを言い始めた時には驚いた。真夜中のことで、相談する人もいず、車で町中を探し回り、やっと見つけた開店しているドラッグストアでアスピリンを買って飲ませると、翌日には好きなアメリカ生活に寝てはいられないとばかりに、平熱になって活動を始めた。

また、文子は生涯で一度だけ、ゴルフを楽しんだことがある。ミドルタウン郊外にあるライマニオーチャードCCでカート付きであったが、彼女ははしゃぎながらコースを回った。それで日本に帰ってからもやると言うかと思っていたが、プレーフィーが高いので出かけようとはしなかった。

文子はアメリカでの生活がすっかり気に入っていたので、予定を早めて帰国することになると残念がった。

2000年4月、ワシントンDCで行われる、前年に選出された米国科学アカデミーの外国人会員の認証式に招かれていた。文子が亡くなる4カ月前のことであり、容体からして渡米は無理と思っていたところ、一緒に出かけると言う。すでに主治医に話し、酸素ボンベ2本を飛行機に持ち込む許可も取ってあった。各種鎮痛剤を山のように用意して行くと言い、取り止めるように言っても聞き入れない。仕方なく道中が不安なので、娘と秘書のSさんに同行を頼み、車椅子を用意して出かけた。あとで医師から聞いたことだが、文子は「これが最後の機会。アメリカの友人たちに逢っておきたいので、なんとか行けるように取り計らってほしい」と言っていたという。本人は死期を予感し、友人たちに別れのあいさつをしたいと思ったのだろう。B・ウッドラフ博士の配慮で至近のホテルを予約し、認証式の会場には大好きな着物で正装して、私の押す車椅子で移動した。病状を知るB・

ウッドラフ夫妻、A・ドカメン夫妻、R・ハーシュマン夫妻などは文子の勇気に驚き、同時に逢いにきた彼女の気持ちを喜んでくれた。

そして、帰国後の5月、以前から予定されていた女子美術大学関係者の主催する「大村夫妻を囲む会」が開かれた折は、娘に病院まで着物を届けさせ、正装して看護師さんに付き添われて車椅子専用の車で会場に現れた。この時こそ文子の病気は一層悪化していたので、とても無理と思っていたのだが、出席すると言ってきかなかったのだ。会が始まり、私のあいさつの後に司会者が文子を指名したので「無理だよ」と手振りで合図を送ったのだが、横から「私、やります」と言って車椅子に座したままであったがきちんとあいさつをした。私は驚きを禁じ得ず、同時に感動を覚えた。このような彼女の精神力には、私ばかりか治療にあたっていた医師たちも驚嘆していた。

文子の闘病生活は、1976年3月の乳がんの手術に始まる。人生の3分の1あまりを、次々と転移していくがんと闘ったことになる。また、それは私との結婚生活の3分の2あまりにあたり、この間、彼女の生きざまを見てきた。

私が教授になりたての頃のこと。闘病生活に入った彼女は免疫力を高めるためにピシバニールを定期的に注射していたのだが、注射後には高熱を出して寝込むこともあった。それをじっと我慢して耐えた。熱は時には40度近くにもなった。解熱剤を注射することもあったが、ただ「忍」の一字である。私のほうが、その高熱におろおろするのみであった。

そのような病状にあっても、家事はおろか娘の養育に手を抜くことはなかった。その上、長男の私に代わって親戚や知人の冠婚葬祭に出席し、義理を欠くこともなかった。そればかりか、世田谷区の瀬田《せた》に住んでいた頃には公文教室を開き、私の研究生活を支えてくれたのである。病気は乳がん、子宮がん、さらに肺から骨へと転移して、一緒に生活する私のほうが気が重くなっていったが、彼女はひたすら耐えて自分の病気のことを口にすることはほとんどなかった。それが私にとっては救いでもあったが、かえって痛ましくも思えた。抗ホルモン剤や抗がん剤の進歩もあって病状は急激に悪化することもなく24年あまり続いたのであろうが、今から思えば、自分を襲った理不尽な病気を嘆きたい時もあったのではないかと思う。それでも、嘆いてもどうしようもないと諦め、前向きに歩いていたのであろうことは、彼女は言葉にこそ表さなかったけれども、私にはありありと感じられた。

私が北里研究所の副所長、所長となり多忙を極め、家でゆっくりと話をすることもままならなかった頃こそが、文子は病気のことを慰めてほしい時だったのかもしれない。今になると、彼女に申し訳ないことをしたと、つくづく思う。一度だけ希望を入れて、彼女のよく行っていた秋田県の玉川《たまがわ》温泉に同行したことがあった。

いよいよ病状が悪化して入退院を繰り返すようになってからも、文子は持ち前の頑張りを発揮して華道教室、茶道教室、英会話、そして時には能や歌舞伎と連日のように出かけていた。今思うと、このようにして自分の病気のことを忘れようとしていたのだろう。遅く帰った私にその日の出来事を楽しそうに話していたことを思い出すと、体のことを忘れようとするために、前向きな彼女はそこで楽しみを見出《みいだ》していたのではないかと思う。能楽や歌舞伎、相撲など、わが国の古典芸術への造詣が深く、いつ勉強したのだろうかと思うようなことを言っては嬉々《きき》として私を驚かせもした。私も彼女のお供をしているうちに、多少なりともそれらの良さを理解するようになっていた。

2000年7月からは、文子の容体は一層悪化した。いよいよベッドから離れることができなくなる前日の夕方、デイルームで2人で話をして「ではね」と言って別れてエレベーターに乗った時、何か彼女が話したいことがあったのではないかと、後ろ髪を引かれる思いがした。その時引き返していたら、彼女は何を話してくれたのだろう。今になっても、気掛かりである。しかし、遅過ぎた。

寝たきり状態になってから、わが家に一つの異変が起きた。それは、娘が泊まり込んで看病を始めたことである。つい最近まで、文子の最大の悩みは娘の将来のことであった。なかなか2人は合わずに、いつも反発し合っていた。遅く帰った私への愚痴は、いつもそのことであった。最大の問題は、文子自身があまりにも礼儀作法をきちんと教育されてきたことにあった。一方、娘は現代っ子で作法などにほど遠く、通学なども休みがちであり、おおよそ文子の意に適《かな》うものではなかった。ところが娘は、病院のベッドから離れられなくなった文子のそばを離れようとせず、実によく看病をした。すでに泊まり込んではいたが、亡くなる年の8月上旬に一度危篤状態になってからは、義妹や姪《めい》の応援を得ながら中心となって看病する娘の姿を見た文子は、その様子に安堵《あんど》していたことであろう。その頃には、私との会話もまともにすることができない状態であった。しかし、他の人には分からなかったであろうが、私の言葉に反応していた。娘の話をすると、ぎゅっと力を入れて握り返し、強く反応した。最後まで意識のなかに残っていたのは、おそらく娘のことであったと思う。

9月1日の臨終の時、娘は人目をはばからずに泣いた。

文子の闘病生活は、北里研究所病院との付き合いの歴史でもあった。長い病院通いと繰り返す入院生活のなかで、特に北里研究所病院の内情は私より知っていたと思う。古い建物の時代から新館へと、時代の流れを辿《たど》ると彼女の存在がそこにある。看護師たちに気軽に声をかけ仲良くなる。医師たちも「私の体にまだ刻むところが残っているのですか」などとずばり物を言いながらも治療に耐える姿に、「こんな患者をみたことがない」と驚嘆していた。

同窓生や恩師、私の親戚や知人などは病気になると彼女を頼り、彼女はそのつど北里研究所メディカルセンター（ＫＭＣ）病院や北里研究所病院の医師を紹介していた。北里の病院に患者を紹介した数では筆頭格ではなかっただろうか。それも単に紹介するだけではなく、時に入口に待機して紹介した患者が来ると受付の手伝いをしたり院内を案内したりもした。それを彼女自身が入院中で点滴のパックをぶら下げながらも、行ったのである。

１９８９年に開院したＫＭＣ病院のエントランスホールは、仮設のコンサートホールに切り替えることができる。そこで開院以来「市民コンサート」と称して、ピアノ、バイオリン、胡弓《こきゅう》、童謡などと幅広いジャンルのコンサートを開催してきた。このコンサートに誰を呼ぶかを決める人物は、研究所の職員のなかにはいない。そこで彼女がこれをやった。持ち前の広い交友関係と行動力、そして情熱で、適当な人物やグループを決めるとその公演料まで交渉をする。公演に対して研究所では十分な予算を取れないことを知っている彼女は、そのあたりを実に適切にさばいていた。デュークエイセス、戸川昌子《とがわまさこ》氏、大庭照子《おおばてるこ》氏などを次々に招いてコンサートを成功させることができた陰には、彼女のプロデューサーとしての存在があった。

研究者と結婚したという意識が強く、北里大学教授をやめて北里研究所の副所長になる時などは、かなり反対をした。しかし、いったん私が決意するとこれまで研究者として支えてきた時と同様に、副所長の仕事が無事にこなせるように何かと気を配ってくれた。思い返せば、KMC病院を建設する時にも彼女の大きな働きがあった。地元医師会の反対のために計画が暗礁に乗りかかった時、彼女は地元へ知人を訪ねて方策を相談し、署名運動を展開してもらうなどと動き回ったのである。それを知る人は少ない。

私事のみならず、北里研究所の運営に捧げてくれた労苦に感謝の気持ちを伝えたいと願っていた折、縁あって女子美術大学に大村文子基金を設立し、パリ賞をはじめとする卒業生の美術活動の奨励と顕彰ができるようになった。また、逝ってしまった後ではあったが、女流美術家協会に大村文子記念賞を設け、広く一般社会人の美術活動の奨励を行うことができるようになった。そのようなことで、万分の一でも彼女に報いることになればと思っている。

病気がちでありながら
絶えず前向きに生き
人生を楽しみ
人のために尽くした
文子の短くはあったが

その生涯をたたえながら
筆を置く

# 犬の子育て

1982年にメキシコシティーの郊外で行われた放線菌に関する国際会議の折、当時9歳だった娘と妻の文子を伴ってメキシコシティー市内に滞在した。この折に雑種犬が街角の信号に合わせて道路を渡って行くのを見た娘にせがまれて、帰国後犬を飼うことになった。散歩や食事の世話を彼女自身ですることと、雌の犬を飼うが名前は男子名を付けることなど、娘と話し合った末、柴犬の雌、名前はタローがわが家の一員となった。タローが3歳の冬に5匹の子供をもうけた。

このタローの子育てに感じ入ることしばしばであった。文子が犬小屋のなかは寒いからと、玄関に小さい毛布を敷いて犬の家族を移動させたので、子育てを目の当たりに観察することとなった。子犬が暴れて毛布の外に出ると、口にくわえて暖かいところへ運んでやったり、また床の上に上がろうとすると、自分がかつて躾《しつけ》られたようにこれを厳しく戒める。食事は子供が先で自分は後にするなどである。

純粋の柴犬ということで、子犬のもらい手は引く手あまたであったが、ひ弱な雌1匹だけを残した。これをジローと名付けた。ジローは後に1匹の雌犬を生んだが、これは真っ黒い雑種犬だったので、クロと名付けた。これでわが家も名前の上で男性が優勢になったと思っていたが、文子と娘は私のいないところではタロコ、ジロコ、クロコと呼んでいたのを後で知った。その後、これらの名前は公にされてしまい、私一人が抵抗して自分の付けた名前で呼んでいた。

タローは感受性の強い犬で、頭も良く一度叱られたことは二度としなかった。また、気弱そうに見えたが、近所の犬が庭に紛れ込んできた時はその犬との喧嘩《けんか》に果敢に向かって行き、負けたことがなかった。わが家に来て、一度家族と親しく話したことのある客は顔を覚えていて、再来の客には吠《ほ》えたこともなかった。ところが、初めての客や人相の悪い(?)訪問者には良く吠えた。

ジローはおっちょこちょいで、何回注意されてもすぐに忘れて気ままなことをした。ひ弱だったが、成長すると健康になった。わが家のフェンスの格子が狭く、また高くしてあるのは、敏捷《びんしょう》なジローが高く跳ねて乗り越えようとしたのと、これを防ごうとする私との闘いの結果である。われわれ家族の者が庭に出ると、いつ何時、夜中でも必ず顔を見せるのはジローである。タローは時には失敬することもあった。

クロは雑犬であるが病気がちで、獣医さん通いがタローとともに多い犬だった。特に黒いので日射病になりがちであった。気の良いところは母親のジロー譲りで、喧嘩をするのを見たことがなかった。タローとその娘のジローはよく家長（犬長？）争いをしていたが、その争いを必死で止めに入っていたのがクロであった。タロー、ジロー、どちらとでも一緒に寝るし、またどちらのエサ入れにも平気で短い不器量な顔をつっこんで行った。それでもどちらからも諫《いさ》められない。それがクロであった。

文子は犬たちに、早くからイベルメクチンを与えていた。イベルメクチンは、私たちが開発したフィラリアの特効薬である。その他、栄養に気を配ってきたことも良かったのか、3匹とも元気でいたのだが、やがてこの犬のファミリーに異変が起きてきた。ジローが寝場所や食事の順番を決めるなど、家長として行動しているのであった。その後のタローは、餌を食べるのと、日課の散歩を楽しみながら余生を送っていたようである。

いつの間にか犬の世話は文子が中心になり、大雨の日以外は散歩に連れ出すのを休んだことはなかった。文子は犬のこととなると、私のことなど二の次にしていたが、それは3匹の犬たちが自分の言うことを良く聞いてくれるからとのことであった。

## 「気まぐれクロ」との散歩

1998年の秋、文子が脊椎圧迫骨折で4週間ほど入院し、退院した後もリハビリに時間がかかっていた時期があった。当初は、文子にすっかりまかせてあった家事のほとんど全てに手をそめることとなり、生活パターンも以前とは随分と変わったものになった。このような生活がしばらく続いたが、やがて文子もリハビリの成果が出て少し動けるようになった。それで、娘とも話し合い、文子の身の回りの世話をしてもらうことにした。また、隔日ではあるが、お手伝いさんにも来てもらうなどして、家事の大部分から離れるようになり、私が唯一分担する家事は、朝の犬の散歩だけとなった。

実を言うと、独身時代に食事の準備や後片付け、洗濯などはやっていたのでそれほど苦痛ではなかったが、犬の散歩だけは受け持つことを躊躇《ちゅうちょ》したのである。

文子が元気な頃はタロー、ジロー、クロと3代にわたる3匹の雌犬がいたが、2匹は1998年と99年に死んでしまい、その当時はクロだけになっていた。

クロは柴犬の血筋を引きながらも全身黒毛で、顔はどこかタヌキと犬を掛け合わせたような愛嬌《あいきょう》のある顔付きで、近所の子供たちには人気者であった。

私は犬そのものは嫌いではない。一緒に散歩することはむしろ心地良い。しかし、小さいシャベルとビニール袋を持って、いつ、どこでやってくれるか待ちながら、「ウンチ」の後始末をして歩くのには閉口していた。

わが家の周りには坂が多く、また、樹木も豊富で車の通行も少ない。犬の散歩には好都合であった。散歩はいつも2キロほどの道のりであった。畑のわきの道路を連れ立って歩く時、この辺りでやってくれれば良いのにと思っていても、クロはいつもすいすいと通り過ぎてしまう。神社の森などは、片付けには好都合だ。時には私の願うところでやってくれることはあっても、なんとも気まぐれなクロのこと、数人がベンチに座って話をしている前で堂々とことを始めてくれた。そうかと思うと、お屋敷の正門前をきれいに掃き清めて一休みしている人の前で、気持ち良さそうに始めてくれたこともあった。

気持ち良さそうに歩くクロの姿を思うと出かけないわけにはいかず、「今日はどこでもよおしてくれるのか」「あの辺りにしてくれれば良いのに」などと願いながら、毎朝の散歩に出かけたものであった。

# 「流れる鼻水を片腕で拭く時間があれば……」

スキー距離競技で数々の実績を誇る新潟のスキー一家の主として、またわが国のスキーの最高指導者として高名であられた横山隆策《よこやまりゅうさく》先生を、山寺巖《やまでらいわお》氏（韮崎市スキー連盟監督）に連れられて訪ねたのは、大学1年の冬のことであった。夜、いろりの前で来客と話をされているところに案内されて、お目に掛かったその時の感激は今でも忘れることができない。スキー一筋に生きてこられた肌黒い厳しいお顔の先生であったが、入門をお願いしようとする私に思いやりをもって話しかけてくださった。多分他県出身でスキー選手を志し、先生にお目に掛かったのは私が最後であったかと思われる。

その後私は、自分よりも若い選手や、すでにオリンピックの経験のある選手、女子高校選手などに混じって先生の御指導をいただいた。いろいろな折に先生のお話をお伺いしたが、なかでも、記録への挑戦を叱咤《しった》激励するすさまじいまでのお言葉で、特に忘れることができないのが、「流れる鼻水を片腕で拭く時間があれば、その分前へ行くことを考えることだ」とおっしゃられたことである。これは、その後私がスキーを離れ、研究生活に入ってからも目的に向かって進む時の気構えとなっている。

全国大会ともなると最後から数えたほうが早く、スキー選手としては劣等生であった私にもいろいろと暖かく話しかけてくださった横山先生がありがたく、また懐かしく思い出されるとともに、先生からお教えいただいた多くの教訓を思い出しながら、日頃の仕事に精を出している。

## わが山梨はスイスに劣らず

「山梨県は日本のスイス」と、母が随分前に言ったことがあった。母はスイスに行ったこともないのにこのようなことを言うのは、人が言っているのを真似たのか、あるいは絵葉書でも見たのか。しかし、自分の生まれた県を誇る気持ちの表れであることは間違いない。

そのスイスを何年かぶりに訪れた際、夕方に到着する便でチューリヒからジュネーブに向かう機内から、眼下の数々の湖や遠くに映えるモンブランを眺めながら、時間の経つのを忘れた。山梨とはかけ離れて違う空からの眺め、広々とした牧草地や畑が広がるなかに、送電線用の鉄塔が見えないことに気が付いた。ジュネーブの街に入ると、そのことは一層鮮明になる。レマン湖の大噴水の遥か彼方《かなた》に姿を見せている雪をいただいたモンブランの美しさは、残念ながらわが郷里から眺める富士山の雰囲気とはかけ離れている。日本のスイスと言った母の子供の頃は、きっとどこにも富士の美しさを遮る電線はなかったことだろう。また、品のない看板もなく、このスイスのようであったと思われる。

次々と引かれる電話線・電線、それに品のない大きな看板によって、山梨の自然の眺めはどんどんスイスとかけ離れていく。長い時間をかけて形づくられてきた観光国スイスと、にわかに観光県を標榜《ひょうぼう》する山梨とを比較すること自体が無理なことかもしれないが……。そうかといって、このまま放っておくと人々に嫌われ、訪れる人も少なくなるに違いない。

2013年の6月にユネスコ世界遺産委員会において、富士山が世界文化遺産に記載されることが正式に決定した。そうであるなら、なおさら景観を見直し、「観光地として、魅力ある山梨はどうあるべきか」を考えるべきではないか。それには、スイスに学ぶべきことが多い。スイスにも大きな看板はある。しかし、町のなかで違和感を与えない。街角と緑地も手入れが行き届いている。郊外の農地の周辺も変わりなく手入れが行き届き、清潔だ。何年か前、国際学会でインターラーケンを訪ねた折、ケーブルカーで山深く入っていったところに山荘が点在していた。その建物の周りが実にきれいに手入れされていて、白樺《しらかば》湖や八ヶ岳の山荘地帯を思い比較したことがあった。その山荘の一軒で、老人がやっとの思いで鎌を使い手入れをしていたのが、今でも印象に残っている。

そんなこともあって、郷里に温泉を掘り当て、一般の人々にも日帰りで利用していただくことにした折、看板を立てることで業者と一悶着《ひともんちゃく》した。私は看板を、彼らの考えていた3分の1の大きさに縮小した。ロゴも専門家に依頼して、見た目の品の良さを重視した。当初は訪ねてくれる客から、「小さすぎて、場所を探すのが大変だった」という苦情もあったが、今はそれもない。我慢してもらっているといったほうがよいのかもしれないが、私は一つの主張に我を張っている。

それにしても、電線や看板のことを抜きにすると、山梨は自然の景観に恵まれている。時々郷里韮崎に帰り眺める風景は、スイスに引けを取るものではない。

# 私の芝白金三光町

「芝白金三光町《しばしろかねさんこうちょう》」、この実に明るい響きの町名は、私の人生を決定付けた思い出の町名である。今は「港区白金5丁目」と町名は変わっているが、私が研究所の採用試験の願書を送ったのも、採用通知をいただいたのも、この町名であった。

大学卒業後初めて勤めた都立墨田工業高等学校の夜間部で教鞭《きょうべん》をとるかたわら、伏見三郎《ふしみさぶろう》校長の許可を得た私は、昼間は東京教育大学の聴講生として、また東京理科大学大学院理学研究科で5年間の自己研修をして修士課程を終えた。そして、私がクラス担任をしていた電気科の生徒を全員無事に卒業させることができたのを契機に、研究者の道を歩む決意を固めた。郷里の山梨大学の助手に採用していただき、墨田工業高校教頭であった井伊先生の紹介で結婚したばかりの文子を連れて甲府に移り住み、そこで2年間ブドウ酒造りにかかわる研究をした。その後、再度研究面での刺激を求めた私は、東京での研究職を探すことにした。

東京理科大学の後輩の佐藤公隆《さとうきみたか》君から話があり、当時理科大薬学部の教授をされていた山川浩司《やまかわこうじ》先生のところで、助教授のポストが空く予定があったが、残念ながらその話は流れてしまった。そこで、山川先生の紹介で北里大学の小倉治夫《おぐらはるお》教授と面会したところ、当時北里研究所の所長であった秦藤樹先生の研究室で化学の研究員を1名募集するとのことで、受験を勧められた。こうして、大学を卒業して7年も経っていた私は、大勢の新卒者に混じって入所試験を受けることとなった。試験にはペニシリンの構造式だとか、それまで学んだことと関係がないような問題と、英文和訳が出題されてしまった。英語のほうは問題なかったが、専門科目である薬の化学のほうに自信が全くなく、絶望感を抱いて甲府へと帰った。ところが、数日して採用内定をいただいたのだが、健康診断で肺のレントゲン写真に影があり、再検査を要するので上京するようにとの通知が添えられていた。差出人には「港区芝白金三光町138番地　北里研究所　人事課　国田欣二《くにたきんじ》」とあった。

山梨大学にはすでに3月末日で辞めるという意志を伝えての職探しであった。「もし結核なら北里研究所付属病院に入院し、体を治してから出直せば良いから」という文子の励ましもあり、再度北里研究所を訪ね、精密検査を受けることとなった。夕方結果が出て、所長の秦先生が直接診断を下すということで、入所前にもかかわらずお目通りいただけることとなった。

その後、いろいろな病気をし、その都度自分の命について考えさせられたが、今思うとあの時ほど不安に思って再検査を受けたことはない。秦先生が大型のレントゲン写真を見ながら、神様のように威厳をもって「異常ないね」と言われた時は、先生に手を合わせたい気持ちであった。この瞬間から「芝白金三光町」という町名が、私の未来に光明を灯《とも》してくれるような気持ちになったことを思い出す。

めでたく入所を認められたのが1965年4月1日であった。この入所時の出来事は、私に何か命拾いをしたような大きな感動を与えてくれた。それは決意を新たにしての上京であり、私にとっては背水の陣をしいての研究生活の始まりでもあった。そのため、北里研究所入所後の研究生活は、大いに気合いが入ることとなり、次々と思わぬ大きな成果をあげることができた。

毎日、早朝6時には研究室に入り、他の人が出てくる頃までには論文の清書や実験の準備など一仕事を終えていた。他の人から見れば大変な努力をしているように思われ、そのことを口にされる所員もおられたが、子供の頃の百姓仕事や理科大での徹夜の実験と比べてみると、まだまだ楽なほうではないかと自分に言い聞かせて頑張ってきたことを思い出す。コンラート・ローレンツという動物行動学者は「若い時につらい経験を与えないと、大人になって人間的に不幸だ」と言ったらしいが、自分にこの言葉を当てはめてみると、私は幸せな人間だと思う。

私と同じように早朝から出勤される先生に、病理学者の岡本良三《おかもとりょうぞう》先生がおられた。今の研究棟2階の207号室を使っておられ、出勤されると早速白衣に着替え、顕微鏡を覗かれていた。無心で仕事をされる先生の姿が、早朝の逆光のなかで輪郭だけが浮かび上がっていたことを、今でも鮮明に思い出す。当時、先生は80歳に近い年齢であったと思うが、まるで私と早朝出勤の競争をしているようであった。ただ、先生は夕方は5時にはきっちりと帰っておられた。

その当時、創立されたばかりの北里大学には活気があり、研究所の若い職員は大学で働きたいという希望を持っている者も多かった。一方、大学のほうはその頃、研究所に対して何か優越感のようなものを持っていたように思う。なかには研究所を見下したような言動をする上層部がいて、研究所に入ったばかりであった私は、心中穏やかではなかった。また、研究所が全財産を拠出して北里学園を創設したという歴史を知るに従い、そのような人物が報恩の精神を学生に説いていることを、言動不一致だと随分と訝《いぶか》しがったものだ。

研究面では、私が微生物薬品化学を専門とする発端となったロイコマイシンの構造決定を、当時国内外の研究者たちと熾烈《しれつ》な競争となっていたのだが、いち早く終えることができた。続いてセルレニンの分離と結晶化、そして構造決定を終えて論文として発表したのは、入所2年目を終える頃であった。その頃から、企業や他大学から移籍の呼びかけが多くなったが、北里研究所では化学、薬学、医学、生化学、細菌学などにまたがり、まさに学際の研究ができるという嬉しさがあり、それらの話は全てお断りした。

秦先生とは医学と化学という学問上の育ちの違いもあったせいか、何事においても意見が合わず閉口したものだ。恩人は恩人としても、学問上のことは譲るわけにはいかず、苦労もあった。しかし、今となって振り返ってみると、秦先生も私には苦労されたと思うし、よく我慢してくださったものだとありがたく思う。

当時、研究所の所長であられた水之江《みずのえ》公英《きみふさ》先生より、秦先生の研究室の跡を継ぐように言われたのは、入所後8年を経た1973年頃、アメリカで研究生活を送っていた時であった。その後は、抗生物質研究室室長、北里大学薬学部教授、北里研究所副所長を経験し、そして所長となった。その間は平坦《へいたん》な道のりではなかったが、それらを乗り越えたからこそ、喜びを持って自分の半生を振り返ることができる。

最近、依頼された講演で未来について話をしようと考えている時など、年のせいか妙に昔のことが懐かしく思い出される。特に北里研究所は私の研究生活のいわば拠点であり、その入所当時の思い出は尽きないものだ。

私が入所してから、1969年に「白金5丁目」と町名が改められるまでの3年8カ月の間は、私が新しい分野の知識を吸収し、次のステップである新生物活性物質の探索研究を展開するのに、まさに重要な時期であったと思う。

それにしても「港区芝白金三光町」とは良い響きである。私の思い出の町名が改名されたことは実に残念である。

# III

# 旅の日記から

# モネへの理解

1987年、初秋の早朝、薄曇りのパリ・シャルル・ドゴール空港に到着すると、株式会社日揮《にっき》パリ出張所長の田島正男《たじままさお》氏が出迎えてくれた。まずパスツール研究所創立100周年記念式典と、祝賀会ならびに国際シンポジウムの日程を見比べながら、美術館を訪ねる打ち合わせをした。

私のパリ在住の友人であるガボール・ルカーチ（当時、フランス天然物化学研究所主任研究員）から、折悪《おりあ》しくニューヨークにいるため案内はできないが、新設されたオルセー美術館の5階の印象派、後期印象派の名画の展示だけはぜひ観《み》ることを勧めたいとの手紙を受けとっていたので、田島氏にまずそこへ案内していただくことにした。

その美術館は、昔は駅として使用していたらしい古い建物を改装したもので、美術館としての体裁は必ずしも立派とはいえなかったが、展示されている絵画や彫刻などの内容は素晴らしいものであった。5階の展示会場では、モネ、ルノアール、ドガ、マネ、ピサロ、シスレー、ゴッホ、ゴーギャン等の印象派の巨匠たちの作品と、スーラ、シニヤック、ルドン等、なじみの新印象派の画家たちの多くの作品を鑑賞することができた。特にパステル画のコーナーなどは、照明、採光に注意がはらわれ、これまでに経験したことのない落ち着いた雰囲気のなかで、名画を鑑賞することができた。

それまでに数多くヨーロッパを旅したなかで、パリに立ち寄らなかったことは一度もなかった。それは友人がここに多く住んでいることもあるが、なんといっても、美術館を訪ねる楽しみがあったからである。その時もオランジュリー美術館のクロード・モネの作品をゆっくり鑑賞できたが、私にはモネのことでは忘れられない思い出がある。

1976年に国際学会に招かれてパリを訪れた際、ホテルから会場へ向かう車中より、グランパレ博物館を取り巻く行列を見たので、何かと思い訊ねたところ、クロード・モネの50周年忌の記念展覧会を行っているとのことであった。そこで、早速、それを観ることにしたが、その感激は今でも忘れることができない。

モネというと、睡蓮《すいれん》のある風景が思い出されるが、かねてから彼がなぜ、睡蓮をそれほどまでに描いたのかを不思議に思っていた。そこには彼の初期から晩年までの、代表的な作品が展示されていたが、彼の若い頃の絵には、室内の女性の像などが多く、やがて、それが野外の明るい人物、風景と移っていき、光と色を追求していった究極が、池に反射する光とそのなかに浮かぶ睡蓮に至ったということを、私なりにその会場で理解することができたのであった。

このような話を田島氏にしているうちに、モネが睡蓮を描いたアトリエまで行ってみようということになった。だが、最初に行った日が日曜日のため、多くの見物客が行列をなしていることや、もう夕方にもなっていたので出直すことにした。

そして、ついに帰国する日の早朝、念願が叶ってモネ美術館に入場することができた。その美術館は、パリ北西部90キロくらいのセーヌ川下流沿いのジヴェルニーという町に所在する。美術館内には、モネが愛した柳と日本風の太鼓橋の掛かった睡蓮の池と、花園、住居、そしてオランジュリーにある絵を描いた大アトリエが、改修後保存されていた。

家に入ると、なんと日本の江戸時代の広重や、歌麿《うたまろ》の浮世絵の版画のコレクションが壁いっぱいに掛けられており、規模、内容とも、ボストン美術館や東京のリッカー美術館で観たものと遜色ないものであった。マネやゴッホの絵のなかにも、日本の浮世絵が描かれていることをみても、印象派の画家たちに与えた浮世絵の影響については、美術評論家たちに言われるまでもなく、よく理解できる。それを目のあたりにすることができた。池に掛けられた太鼓橋も広重の版画の風景を参考にし、また、それらを大カンバスに描いたモネの浮世絵に対する入れ揚げようには驚かされた。

モネが睡蓮の池を日の出から日没まで、数枚の異なる大カンバスに、同時に描きあげていったと言われるオランジュリー美術館の大作が、この池の辺りで制作されたのだ。柳の垂れた池の辺りに立つと、彼が描きたかったのは、この光と色であったに違いない、と私は胸が高鳴る思いであった。また、大アトリエに立つと、年老いたモネが長い梯子《はしご》を使いながら描いている様子が目に浮かぶようであった。睡蓮の花咲く頃に、ぜひもう一度あのジヴェルニーを訪ねてみたいと思わずにはいられなかった。

田島氏は、パリの郊外にはゴルフ場も多くあるので、「次回はぜひゴルフシューズを持ってくるように」と勧めてくれた。

その時には文子も連れてくることを約束して、パスツール研究所と数々の名画の思い出と、そしてイルミネーションもいちだんとシックになった夜のエッフェル塔のイメージを胸に、ドゴール空港を後にした。

## 2人のノーベル賞学者との交流

1972年の夏の終わりの頃を最後に、長いこと訪れていなかったハーバード大学にE・J・コーリー教授のお招きで訪ねたのは、1993年のことであった。ケンブリッジにあるシェラトン・コマンダーホテルに到着すると、早速メッセージが届いていた。なんと、コンラッド・ブロック教授からの、「明日の君のセミナーに出席し、そして夕食を一緒に」とのメッセージである。教授は当時すでに80歳を越えておられ、どうされているかと気にはしていたが、驚きと感激、そしてお元気でおられたことへの安堵の気持ちで、メッセージを繰り返し読んだ。それはまた、先生との出会いから今日に至る先生とのかかわりを思い出させずにはいられなかった。

1993年に亡くなられたファイザー社のW・セルマー博士に、K・ブロック教授が会社に来られるからグロトンに来ないかと誘われ、当時客員教授として勤めていたウエスレーヤン大学があるミドルタウンから大きな期待に胸を膨らませてギャラクシー500を飛ばした。

それは１９７１年のことだった。当時、同じ研究室におられた野村節三《のむらせつぞう》氏に、セルレニンの構造に興味を持ち、構造決定に使った残りのサンプルを渡しながら、「これは脂質に関与する作用機序を持っているかもしれない」と勧めた。セルレニンの作用機序の研究で、これには脂肪酸の生合成を阻害するという結論が出ていたので、さらに詳細な研究を進めたいと考えていた時であった。

セルマー博士の部屋で、K・ブロック教授にお会いしたが、先生はその当時60歳くらいで温和な極めて落ち着いた雰囲気を持っておられた。そして私の話を聞いてくれた後、「ドクター・オオムラ、これをわれわれのところで確かめられれば大変な発見になるよ」とゆっくり話をしてくれた。２００ミリグラムほどサンプルを持っていたので、そのなかから10ミリグラム程度小分けしたものを渡し、ファイザー研究室の内部を見学した後、先生と別れた。

それから2〜3カ月経った頃、ウエスレーヤン大学の研究室で実験をしていると、マックス・ティシュラー先生の秘書がK・ブロック教授から電話が掛かっていると呼んでくれた。電話に出てみると、「ドクター・オオムラ、セルレニンは確かに脂肪酸の生合成を阻害している。目下いくつかの脂肪酸の生合成系で確かめているが、大変興味ある物質だ。

もう少しサンプルを必要とするので送ってくれないか」という内容であった。この電話のことは今でも忘れられない。これで、後にセルレニンが先生のお墨付きをもらって世に出て行くことになった。その後、研究成果はまとめられてBBRCに発表された。これが口火となり、一躍多くの研究者によりサンプルの請求が寄せられるようになった。

これが縁でウエスレーヤン大学に席を置きながら、ハーバード大学のK・ブロック先生の研究室にも机をもらい、時々訪ねては研究室を見て回ったり、周りの人々とも話をさせていただく機会が得られた。この時の研究室の印象として、これがノーベル賞(1964年「The biological synthesis of cholesterol」で受賞)を受賞した大先生の研究室かと驚くくらいの規模で、研究の機器類はUVスペクトロメーターとpHメーター程度で、当時の北里で私に与えられた研究室と変わらないものであり、やはり研究というものは頭で勝負するものであることを強く思わされたものであった。

翌21日は、午前中にボストンの美術館を訪ねた。13時頃、疲れたのでひと眠りして、コーリー教授を訪ねようとしている時、電話が鳴った。それは偶然にも、コーリー教授からで、「午後、セミナーの前に、お前を美術館へ連れていこうと思うがどうか」という話であった。すでに美術館を訪ねた後であったので、このお誘いはお断りしたが、わざわざホテルへ迎えに来てくれるということになった。15時頃先生が来られ、ハーバード大学の前の公園を横切って、よもやま話をしながら研究室に到着した。岸義人《きしよしと》教授より、外出中でセミナーに出られないが、よろしくという伝言があったと知らされた。

先生の個室は、図書室、ミーティングルーム、そして可動式の書類整理棚に加えトイレまで付いており、私が使っている所長室の2倍ぐらい広いものであった。分子モデルが何十個もあちらこちらに置かれ、有機合成化学の頂点をきわめた先生の部屋らしかった。

当時出版した、『The Search for Bioactive Compounds from Microorganisms』の本と、陶芸家の島岡達三《しまおかたつぞう》先生から直接いただいてきた花瓶をプレゼントしたところ、先生のノーベル賞の授賞式の写真と先生が出版された『The Logic of Chemical Synthesis』にサインをして、私にくださった。これはコンピューターに入っているものを、出版社が前半に先生の文章を入れて本にしたものとのことであるが、これだけ忙しい先生が本を出版された裏話などは、私自身の参考にもなった。部屋の壁には、ノーベル賞授賞式のスナップ写真の入った額や、日本人の名前も見える多くの共同研究者の名前を刻んだ2つ折のプレートや、日本人から贈られたという版画などが所狭しと飾ってあった。私が以前プレゼントした島岡達三先生作の花瓶にドライフラワーが入れられて、瀟洒《しょうしゃ》な机の上の窓際に、いくつかの分子模型と一緒に飾ってあるのを見て、先生の温かい心配りが感じられた。われわれが発見したラクタシスチンの全合成の2報目や、これのジアステレオマーの合成などのリプリントなどもプレゼントしてくださった。

コーリー教授は時々片言の日本語を話され、ホスト役として私への大変な気配りを感じた。持参したカメラで、秘書に頼んで記念撮影をした後でセミナー室へ向かった。

セミナー室には、60~70人くらいのポスドク（博士研究員）を中心とした人々が集まっていた。最前列にはK・ブロック教授とコーリー教授が並び、そして世界的に著名なシュライバー教授がおられ、それはまさにハーバード大学ならではのセミナー風景であった。講演の前に、コーリー教授自ら私を紹介してくれたが、彼の紹介は私を知り尽くしているような詳細なもので、驚かされるとともに感極まるものであった。これまでに各地で講演をし、紹介されたことは数えきれないが、先生の紹介は、私の研究業績とその科学の役割からはじまり趣味に至るまで実に整然としたノーベル賞受賞者ならではのものであった。

約1時間の講演が終わると初めに質問されたのがブロック先生で、その後かなり細かい質問をされた人物がシュライバー教授であった。またコーリー教授も2、3質問をされたが、若手の方からの質問は時間の関係があったのか、あるいはこれら3人の質問に気おくれしたのか一つもでなかった。この後、コーリー教授の勧めで、北里研究所の歴史、北里大学創立から今日までの話をするように言われ、5分ほど時間を追加して話をした。

セミナーの後、コーリー教授と話をしながら公園を抜けてホテルへ帰った。この時、公園を出て大通りを横切った折に、信号がちょうど「WALK」に変わったので、「まさに、ノーベル賞学者のための王道ですね」と冗談を言ったところ、「今日の特別ゲストに信号を合わせているんですよ」などとコーリー教授も冗談を言いながら歩いた。

ホテルで支度をして、ブロック教授が待つ「ハーバードスチューデントクラブ」へ向かった。そのクラブは、J・F・ケネディもかつてメンバーであったといわれ、ハーバード大学の学生たちによって運営されているものである。各種会合を行うホールの他に劇場もあり、その夜は学生たちによる劇が上演されていた。もう一つここで、コーリー教授から知らされたのはその年に活躍した女優、男優を1人ずつ同クラブで表彰しており、この賞は著名なハリウッドのオスカー賞にも匹敵する栄誉になっているとのことであった。

両教授との夕食は、2人のノーベル賞学者との夕食であることすら忘れるくらい打ち解けたものであり、話題はブロック教授の友人の話ではじまり、細川護煕《ほそかわもりひろ》首相（当時）のことやロシアと日本の北方領土問題、北里研究所の今後の方向付け等、話がはずみ時間の経つのも忘れるくらいであった。このなかで、コーリー教授の北方領土問題に対する意見は、日本が住民の生活を補償し、かつ領土を買い取ったらどうだろうか、という日本の旧大物と同じような内容であった。そして、われわれの「生物機能研究所」の名前はエクセレントなもので未来へ開かれている、とお褒めのお言葉をいただいた。コーリー教授は、「核酸研究所」とか「分子生物研究所」とかその創立時代の流行の名前を付けているのは、後で名前に邪魔をされて発展が阻害されるおそれもあると言っておられ、ブロック教授もこれに同感のようであった。思えば、北里先生が「伝染病研究所」を辞められて研究所を創立された折、名前を「北里研究所」とされたことは実に先を読まれた所業であったとつくづく感心させられるのである。

ブロック教授の研究室で、先生の書かれた本をサイン入りでいただいた。また、目下ブロック教授も生化学の本を書いておられるそうで、このなかにはエッセイ風な文章を入れたいとのことである。84歳という先生は昔話もされるが、これからの研究の方向や研究者の役割などに及んだお話をされ、先生のかくしゃくとされたお姿に触れることができたことは、コーリー教授から招かれてハーバード大学で講演させていただいたこととともに、大変嬉しいケンブリッジ訪問の思い出となった。

翌朝、5時に起きてボストン空港からフィラデルフィアへ向かった。空港では、友人のE・スミス教授が2人の弟子を連れて迎えに来てくれた。荷物を受け取ってすぐに、彼が学科長を務めるペンシルベニア大学化学教室へと向かった。

9時30分に到着し、11時30分にはスターリング・ウイントロープ社の研究所長ユージン・コーデス博士の迎えの車がくることになっており、2時間の間に1時間の講演と、750

メガヘルツのＮＭＲ装置が今年中に入るため、研究室の一部の大改装をしているという研究室と学生の化学実験室を見学して回った。このＮＭＲ装置は、アメリカの大学で最初のものになる予定だとのことだ。このアメリカ最古の大学（ハーバード大学のほうが創立は古いが、大学となったのはこちらが先）の、未来に向けてさらなる発展をめざす意気込みを感じた。創立30周年を超えて、何かくたびれた感じのするどこかの大学とは好対照であった。

スミス教授は私が講演する際に、先日はコーリー教授が講演し、１週間の間に２人の著名な学者を迎えることができたことを、ことのほか誇りに思うと語っておられたが、はたして彼の期待に応えられたであろうか。しかし、疲れがたまり睡眠不足のなかにあって、当人としては上出来ではなかったかと、いささか自負しているところである。

## 彫刻美術館に行こう——パリの３人の彫刻家

１９９６年、久々のパリ訪問の初日は朝から雨が降り続き、９月末とはいえ肌寒かった。訪問の目的であるフランス薬化学会創立30周年記念講演会で使用するスライドと原稿の準備を済ませ、知人の田島夫人の案内で市内の美術館を訪ねることにした。日動画廊の長谷《はせ》川《がわ》智恵子《ちえこ》さんの著作『美術館へ行こう――世界美術館旅事典』（求龍堂）から、パリの美術館の部分だけコピーしてきたのが役立った。長谷川さんには、女子美術大学創立100周年記念事業の募金の発起人をお願いすべく、荻太郎《おぎたろう》画伯にご紹介いただいて、旅行前にお目に掛かった。その時に同書を頂戴したのである。そのなかからさっそく5カ所ほど選んで、地図と照らし合わせ、美術館巡りをするコースを考えた。これらを道順に沿って回ったところ、オーギュスト・ロダン（1840〜1917年）、アントワーヌ・ブールデル（1861〜1929年）、そしてオシップ・ザッキン（1890〜1967年）と、偶然にも年代順に3人の彫刻家の作品を見ることとなった。

まず、国立ロダン美術館である。門をくぐると、真っ先に右手の庭の「考える人」が目につき、いよいよロダン美術館にやってきたのだと胸がときめいた。この建物は18世紀の初めは大金持ちの家であり、日本のマンションという呼び名のものとは大きく異なる、本物のマンションである。20世紀初期には、コクトー、マチス、リルケそしてロダンなど、当時の芸術家たちが出入りしていたという。そして1916年、ロダンの作品やコレクションと一緒にロダンの所有になっていた由緒あるこの建物が国に寄贈され、1919年に国立のロダン美術館としてオープンしたのである。

16室あるいはそれ以上もあろうか、各室に繰り広げられるロダン美術には、その一つひとつに感嘆させられる。大理石に刻まれた女性像から感じられる肌の柔らかさ、数々の女性像の個性の表現、指先にこめられた繊細な情感などなどと、切りがない。なかでもガウン（寝間着）をまとった「バルザックの像」と「花飾りの帽子の若い娘」が、脳裏に焼き付いている。ロダンは、人間はまとうもので評価されるべきでないことを、文豪バルザックにガウンを着せることによってわれわれに言いたかったのではないだろうか。後者は美人顔ではないが、特に目や口元に表れた表情の細やかさは、これまで誰の作品でも見たことのないもので、巨匠ロダンの作品の代表作かとも思える。

ロダンの弟子であり、モデルで、かつまた協力者でもあったカミーユ・クローデルを刻んだ「曙《あけぼの》」「ラ・フランス」などの一連の作品には、ロダンの理想の女性像と美を感じとることができた。

パリ市立ブールデル美術館は、道路から鉄格子越しに、いくつかの彫刻を見ることができる。そのなかでは、大きな馬に乗った人物像「アルヴェアル将軍」が目を惹く。建物はブールデルが使っていたアトリエ兼居間がその後増築されて、美術館としての形態が整えられたとのことである。

ブールデルはロダンの弟子であったが、指導を受け始めて7年後には「君は私を越えた」

と、ロダンをして言わしめたという。ロダンが若い頃は不遇で、60歳になってからようやく認められ世界的になったのに比べると、彼はいわば天才的彫刻家である。ロダンが切り開いた近代彫刻に対する世の理解が確立された後という幸運もあって、ロダンと並ぶ巨匠といわれるようになったのだろうと思っていた。が、作品を見ていくうちに、ロダンとは全く違った造形美を感じることができた。なかでも印象的だったのは、一連の「ベートーベン」の作品群であった。このシリーズが展示されている部屋に立ち、ベートーベンの表情から滲《にじ》み出る、時には厳しく、時には苦悩に満ちた、あるいは安らぎさえ覚える面持ちや芸術家の偉大さを余すところなく表現している像に目を移していくと、息の詰まる思いさえする。

ロダンの作品に繊細な心の表現を見るとするならば、ブールデルの弓を引く「ヘラクレス」の一連のレリーフからは、精神の集中や魂の表現を見ることができる。ロダンに学びながら、彼を越えようとした苦悩と努力を思わずにはいられなかった。彼の美術品のコレクションを展示した部屋では、古代彫刻への憧憬をも窺《うかが》うことができた。

パリ市立ザッキン美術館は、リュクサンブール公園脇の大通りから路地に入ったところにあった。前の2つの美術館からみれば、こぢんまりとして普通の民家を改造したようなものであった。ここもやはり、ザッキン夫妻の住居とアトリエであったという。画家であった夫人とザッキンの作品が夫妻の死後にパリ市に寄贈され、美術館になったということである。なかに入ってすぐに、長い顔の彫刻が目に飛び込んできた。「モディリアニだ」とつぶやきながら近づいてみると、これはザッキンの作品であった。ところが、その横にモディリアニのデッサンが掛けてあり、モディリアニとの親交を知ることとなった。例の長谷川智恵子さんの本によると、彼はモディリアニのほか、キスリングや藤田《ふじた》嗣治《つぐはる》との親交もあったとのことである。彼の作品には先ほどのモディリアニに似た（と言ったら彼に失礼であるが）作品のようなものから始まり、晩年に制作したというどこか楽譜を思わせるような幾何学的抽象作品も多く、小さな美術館に所狭しと展示されていた。

時間の制約もあり、はからずも3人の芸術家の彫刻を主体とする美術館巡りとなったが、田島夫人によると、このような美術館はパリ市内にはまだまだたくさんあるとのことであった。その時まではルーブルやオルセー美術館に多く足を運んでいたが、「これからは小さな美術館を訪ねる楽しみが増えた」と実感させられた半日であった。

# 湯治場の2人

文子が「また、玉川温泉に行きたい」と言った。1996年のことである。その前の年、友人の落合三郎《おちあいさぶろう》氏の案内で1週間ほど湯治をしたら体の具合が大変良くなったことから、次は私も一緒に行く約束をしてあった。落合さんが後から来るというので、久々に4泊5日ののんびりした旅をすることにした。

東北新幹線で東京駅から盛岡までの2時間50分は、ほとんど眠っている間に着いた。ちょうど田沢湖《たざわこ》線が新幹線の乗り入れ工事のために不通になっており、JRの代行バスに乗り換えて、1時間10分ほどで田沢湖駅に到着した。そこからさらに羽後《うご》交通バスに乗り換えた。田沢湖側を通り、玉川に沿って山間部に入って行く。東北電力の玉川ダムのそばを通りぬけ、十和田湖・八幡平《はちまんたい》国立公園へ向けてバスは身軽に走る。時々現れる水田には田植えの終わった稲がすでに青々と育ち始めている。バスの乗客は、途中で1人下車した後は、われわれ夫婦のみとなったが、テープレコーダーのアナウンスは次々と停留所を告げていく。バスのアナウンスは時々観光案内もしてくれる。そのなかでダム建設と発電所の建設にともなう水の酸性化により、魚をはじめ田沢湖特有の生物が絶滅してしまったことがあるという。水力発電はクリーンエネルギーの代表のように思っていたので、この事実には愕然《がくぜん》としてしまった。

山裾では杉などの林のなかを走っていたが、山に差し掛かると、ブナをはじめとする広葉樹の原始林である。1時間15分ほどで玉川温泉の入口に到着した。間もなく宿の専用バスが迎えにきた。

この温泉は昔「鹿湯」といい、マタギが時々立ち寄る程度であったという。難治皮膚病が治ったので、初代の当主がこれを一般の人々にも広めるために開発した温泉宿であるという。初期の頃は徒歩、馬、トラックに乗り継ぎ、麓の湯瀬《ゆぜ》温泉から12時間もかかったらしい。

宿は自身の歴史を物語るかのように、次々と建て増しをした建物が狭い廊下で繋がっている。階段を上ったと思うと、また下りて、折れ曲がった角には非常口がある。階段のステップも建物を繋ぐために1、2段は高さを異にするものがあった。宿が谷川に沿って曲がって建てられているからか、廊下も直角には曲がっていない。部屋に案内された時には、フロントから部屋までの廊下を思い出すのがやっとであった。

この宿の廊下には、ゴザが立てかけてあったり、毛布が特製の手すりに掛けられていた。その理由は後で分かることになるが、他のホテルでは見られない光景である。休む間もなく、文子と連れ立って待望の温泉に入りに行く。文子に「女性は男性の風呂に入っても良いが、男性は女性の風呂には入れないしきたりだから」と言われていた。ところが一昨日から新装になったという大風呂はそのしきたりを断ち切ったかのように、きちんと区別されていた。大風呂の天井、壁、床、湯船はヒノキ造りであり、屋根を支える14本の柱はひと抱えもある。自然の香りを楽しみながら「源泉100パーセント」「50パーセント」「ぬるい」「あつい」「露天」といった標識を見ては、次々と試し、体を温めていく。少々のぼせ気味になったので、風呂を出て、番台の人に大きな丸太は何でできているのか尋ねたところ、松の木で、これは輸入材だという。この風呂場で国産は、入口の広間のデコボコした松材一本だけだとのことである。この山あいの温泉の風呂場がほとんど輸入木材を使ってできていることと、わが国の林業の不振とを重ね合わせて産業構造の歪《ゆが》みを思い、何か複雑な気持ちになりながら部屋へ帰って行った。

病気がちの文子であるが、ビールの飲みっぷりはますます冴《さ》えを見せ、良く飲む。家ではとても付き合いきれないが、ここの風呂上りだけは別である。2人ともども就寝まで良く飲んだ。

朝、昼、晩の食事の前と就寝前との4回入浴することと、岩盤で体を2度温めること、これが文子のここでの湯治の日程であると言う。翌日、文子が岩盤で体を温めるというので、朝食後、一休みしたところで彼女に付き合ってみることにした。2人で出かける時には私が先に歩き、彼女は遅れて付いてくるのが常だが、ここでは違った。川原の石ころの道を歩く彼女の足が実に速い。日頃とは逆に彼女の後を追うのが精いっぱいであったが、10分ほどで何度も聞かされていた岩盤に到着した。

この地域は焼け山の山麓にあたり、箱根の地獄谷のように硫黄《いおう》臭のする水蒸気が岩盤のいたるところから噴き出ている。そのゴーゴーと噴き出す様は地球のエネルギーの凄《すご》さを誇示しているようで、足のすくむ思いだ。谷底にはこの温泉の源泉があり、摂氏95度、1分間にドラム缶45本といわれる温泉が盛り上がるように噴き出していた。一カ所からの温泉湧出量は日本一を誇るとのことである。

湧き出した温泉が冷えると「湯の花」が析出し、これを集めてお土産にしている。水蒸気が噴き出している20センチくらいの穴の周りには硫黄がきれいな結晶に昇華していて、その煌《きら》めきは、自然現象の美しさを改めて感じさせる。川底には台湾の北投《ほくとう》温泉とここにしか見られない希少鉱物「北投石」が見られるというので、探してみたが見当たらない。もっともこれは今では国の天然記念物に指定され、また文科省からは特別文化財の指定を受けており、勝手に採取するわけにはいかない。

さて、地熱で素手では長く触ってはいられないほど熱い岩盤には、大きな腰丈ほどの低いテント小屋が2つ建てられていた。そのなかに入るのだと文子は言う。すでに何人かが順番を待っていた。私は待つのが嫌なので、他の何人かと同じようにテントのそばの平らな場所を探して、そこに文子から教えてもらったようにゴザを敷き、裸になり、横になって毛布をかぶった。宿に用意されていたゴザと毛布はこのように利用されていたのだ。顔はタオルで覆っておく。20分もすると、サウナに入ったように汗びっしょりになってくる。40分がノルマだというので、言われるとおり我慢をしている。40分間の講演と言われると「少し短いのでもっと話す時間がほしい」と日頃言っている自分が、この40分を長く感じている。

そんなことを思いながら暑さに耐えていると、いろいろな話し声が聞こえてくる。世間のなかに横たわっているようなものである。タオルで顔を覆っているということは、私はそこにいないも同然で、周りの人々は気軽に話をしている。岩盤に寝ている者同士、あるいは準備中の人々などのいろいろな話が聞こえてくる。人間社会をこれほどに感じたことは近年にはない。

この温泉を訪ねる人の大方は湯治客であり、健康な人が娯楽に訪れることは少ないらしい。宿の客を見ても、いかにもどこか悪そうな人が多い。足の悪い人、顔色も良く健康そうな人もいるが、湯治の効き目が現れている人なのかなと思う。そのような人は、岩盤での場所探しから後片付けに至る仕草が実に手際が良い。

文子の決めた湯治のノルマを少々手抜きをしながら付き合うことにして、その合間は居眠りと講演の準備をしながら過ごすことに決めていた。

# 晩秋のミドルタウンへの旅

恩師で偉大なマックス・ティシュラー教授が亡くなって、すでに30年近くが経つ。2006年10月30日は教授の生誕100年の記念日だった。彼が最晩年に教鞭をとったコネティカット州ミドルタウンにあるウエスレーヤン大学では、記念の講演会を開催した。私は、ベティ夫人の寄付によって設立されたマックス・ティシュラー教授記念薬化学教授の初代教授を去年から任ぜられている関係で特別講演を行うことになり、当時、北里大学薬学部若手ホープの一人だった白畑辰弥《しらはたたつや》君を伴い渡米した。

ニューヨークのJ・F・ケネディ空港に到着して、まずは、ことのほか厳しい入国審査と手荷物検査を受けた。それから、真っ先にミドルタウンに住んでいるベティを訪ねることにした。当地に来るといつもお願いしているリムジンの会社の社長・杉本さん自らの運転で、四方山《よもやま》話をしながら2時間10分ほどかけてミドルタウンに向かう。彼は日本の要人の送迎を依頼されることが多いようであった。そのなかで中田英寿《なかたひでとし》さんの話になり、私の後輩であると言うと、「彼はサッカーをやめて他の分野でも、十分に通じるキャラクターを持っている」と褒めていた。先般も清涼飲料の宣伝ポスター作成のために、海外での活動拠点にしている当地に立ち寄ったとのことであった。

地元の人々が、アメリカではこの地方が最もきれいで、日本のそれに匹敵すると自慢しているミドルタウン周辺の紅葉は、盛りを過ぎていた。窓外に流れる紅葉の名残を眺めていると、文子とドライブした時の感動がよみがえってくる。

やがて、ベティの家に到着した。過去に数え切れないほどウエスレーヤン大学を訪ねているが、今回は間もなく97歳になるベティの再三の希望もあって、同大学の記念講演会で特別講演をすることを早めに決めていた。そのこともあってか、「智がようやく、やってきた」とばかりに、晩秋の寒さのなか、開け放された玄関で、メイドに支えられながら出迎えてくれた。声はかつての張りは失《う》せたものの、話の内容には少しの老いも感じさせない。どのような生活をしていれば、このように老いてなお頭がしっかりすることができるのかと感心しながらも、会話は弾んだ。彼女はことのほか娘のことを心配して、すでにお土産にハンドバッグまで用意していてくれた。亡くなった文子があれこれと娘のことを話していたことで、心にかけていてくれたのかもしれない。一方、私には「メルクとの共同研究はしているのか」「今、どんな研究をしているのか」「いい薬が発見できそうか」などの矢継ぎ早の質問攻めで、往年の好奇心は少しも衰えていなかった。しかし、3年前に訪ねた時にはしていた車の運転を、今では危ないのでやめたとも言った。

2日目は、ウエスレーヤン大学のキャンパス内にある3本の桜の前で、関係者と記念撮影をした。この桜は私が寄贈したもので、アジアセンター前に植えられている。それから、講演会場に向かった。

講演会では私の講演の前に、ウエスレーヤン大学の若手教授M・A・カルターと、白畑君が、彼自身の最近の天然有機化合物の全合成の研究について講演をした。この時、嬉しくもまた安心したことは、白畑君の英語での講演が堂々としていたことであった。私がマックス・ティシュラーに招かれてアメリカでの研究生活を始めたのが36歳の時で、英会話をマスターするのにはすでに遅すぎたことを痛感した。それで、研究室の学生や若手の研究者たちには、できるだけ早めに海外で研究生活が送れるように支援してきた。白畑君もエール大学のJ・ウッド教授の元に送り、2年間、博士研究員（ポスドク）を経験してもらった。ウッド教授は、私の親友A・スミス三世教授（ペンシルベニア大学）の下で博士研究員をしたあと、エール大学の教授に就いたばかりであったが、すでにわれわれが発見したスタウロスポリンの全合成を成し遂げていた。しかし今回の目的は、彼が私のところにいた時に開始した赤外円二色性とコンピューターを駆使する絶対構造決定に関する、ウエスレーヤン大学のG・ピーターソン教授との共同研究の打ち合わせと彼自身の講演を兼ね、私に随行することを梶英輔《かじえいすけ》教授に了解を得てのことであった。研究室の若手がこのような講演を立派にこなすまでに成長してくれたことを見届けることができ、感無量であり、今回の旅の収穫の一つとなった。北里研究所所長を兼務しながら長年教授職を務めてきた私にとって、彼のような若手研究者がすでに続々と続き、かつまた育ちつつあることは、誠に喜ばしい限りである。

私の講演は、われわれが発見した化合物2種のほか、マックスが紹介してくれたことから始まったメルクとの共同研究で発見したエバーメクチンを取り上げ、それらの有用性を主題として話を進めた。かくして、記念講演会は成功裏に終わることができた。

夜は、P・ベネット理事長主催の晩餐会が行われた。そこにはマックスの2人の息子と長男夫人をはじめ、化学関係の教授夫妻たち総勢50人ほどが招かれていた。まず、ベネット夫人が大変機知に富んだ開会のスピーチを行い、非常に和やかな会になった。終わりに近づいた頃、ベネット理事長のスピーチの後に私も原稿を携えながら、お札のあいさつをした。ティシュラー教授が亡くなって20年近くなろうとしているのにもかかわらず、いまだにこの会だけでなくこの大学で折にふれて出るのは、彼の話だ。厳しくも温かかった彼の人柄・人徳のなせるものである。また、先生のお陰で私もウエスレーヤン大学の人々から、家族の一員のように大事にされてきたが、今回も全く変わらなかった。変わったのは、私が客員教授をしていた当時の仲間の教授たちのほとんどが、姿を見せなくなっていたことである。寂しいことではあるが仕方がない。

キャンパスに立つと、文子と過ごしたその頃のことが次々と想い浮かび、懐かしかった。

3日目は、前日と打って変わって、傘をさしても役に立たないほどのストームがやってきた。ウエスレーヤン大学には、毎年10人以上のアジア留学生を迎え入れることのできる、卒業生の一人フリーマン氏が設立した基金がある。同大学での4年間の留学生活が保証されているが、中国、日本、韓国、フィリピン、インドなどから、かなり厳しい選考によって選ばれる。その担当部長であるJ・ドリスコール博士と化学のG・ピーターソン教授の案内で、キャンパス内にあるアジアセンターとデビソン芸術センターを訪ねた。アジアセンターには日本庭園があり、館内の和室から眺められるようになっている。庭は日本から持ってきたと思われる紅葉が植えられ、石を配置した小さいながらも本格的なものであった。私の寄贈した3本の桜は、和室からこの日本庭園越しに眺めることができる絶好の場所に植えられていた。ほかにも館内随所に、中国や日本製の調度品が配置され、アジアの雰囲気を醸し出している。一室の飾り棚には、私が以前、訪問の記念品として寄贈した楽焼きの茶碗《ちゃわん》が飾られているのが、目に留まった。

展示室では、写真家W・ジョンストン氏が日本を訪ねた時に撮影した日本三景と呼称される松島《まつしま》、天橋立《あまのはしだて》、厳島《いつくしま》神社の写真展が開かれていた。氏は、このような古来からの日本の風景に禅の心を読みとり、日本人の特色を感じたと言っている。

デビソン芸術センターの玄関を入るとすぐ目に飛び込んできたのが、レンブラントのエッチングの風景画であった。折しもデビソン（同大学卒業生・故人）氏が蒐集し寄贈した膨大な絵画などのうち、今回はレンブラント、ミレー、デューラーなど、15～19世紀の画家たちのエッチング特別展が開催中であった。キュレーターによると、レンブラントの作品（エッチング）50～60点、ミレーも同じくらいの作品を収蔵しているということであった。ここではエッチングの展示であったが、20年ほど前にアムステルダムのレンブラント美術館で味わった感動をよみがえらせるのに十分であった。また、当たり前のこととはいえ、エッチングにはそれはそれで独自の観る楽しさがあり、有意義に過ごすことができた。ミレーといえば、私が運営協議会の会長を務めている山梨県立美術館の収蔵作品「種まく人」がわが国では特に有名であるが、この大学の一関係者として当所がこれほどのコレクションを持っていることに誇りのようなものを覚えた。そして、ミレーの作品では初期に制作されたものと、同じ作品の後刷りのものとをいくつも観ることができた。山梨県立美術館と共同交換展などしたら、面白いのではないか。そんな機会があれば良いと思いながら見ていると、キュレーターが日本の版画もあるということで、収蔵庫への案内を請うた。歌《うた》川国貞《がわくにさだ》の多くの役者絵の木版画が箱にギッシリと収められており、そのなかの主な数点を取り出して見せてくれた。このような絵画コレクションとともに、この建物自体が一卒業生の寄贈ということを見聞きすると、改めてウエスレーヤン大学の古い歴史（1831年創立）と伝統に思い至る。

先のフリーマン基金といい、このデビソン芸術センターといい、このような事業が卒業生の支援で成り立っているのをみると、日本でもこの制度が定着する日がくることを願わずにはいられない。

大雨のなか、キャンパスを後にしてニューヨーク行きのリムジンの待つホテルに戻った。

そして、見送りの人々と別れを告げ、雨のなかのミドルタウンを後にして眠りのなかを彷徨《さまよ》っている間に、青空の覗くニューヨークに到着した。

一休みしたところに、秘書のSさんが前もって連絡をしておいてくれ、私が息子のように思っている画家の篠原吉人《しのはらよしと》君が夫人を伴ってホテルを訪ねてくれた。ブルックリンのアトリエに案内するというので、地下鉄に乗ろうとしたらあいにく不通だった。やむを得ず数台のタクシーと交渉したが、なかなかその場所には行きたがらない。目的地はタクシーを使う人々があまり住んでいない下町なので、帰りの客がいないかららしい。15ドルもからない距離を25ドルならと運賃交渉をまとめ、工事中の悪路を走って、夫妻（夫人も画家）のアトリエに着いた。篠原君は詩を書き、彫刻をし、日本画をこなしながら洋画も手掛ける多才な芸術家だが、当時はあまり評価されていなかった。北里研究所の「人間讃歌大賞展」で入選した折に話す機会があり、それ以来の付き合いだ。「ニューヨークで頑張って、岡田謙三《おかだけんぞう》、国吉康雄《くによしやすお》に負けない作品を世に出したい」と、熱く語っていた。私は彼の作品の造形と色合いが好きで、いくつか小品を持っている。研究所には大作が何点か収蔵されている。彼を支援することにもなるので、今回も20号の作品を制作してもらうことを決め、夫妻とともにアトリエを後にした。帰りは全くタクシーがつかまらない。近づいてきた白タクと再び運賃交渉をし、今度は22ドルでマンハッタンに辿り着いた。ホテルの近くのレストランで、2人と一緒に食事をすませ、1人でホテルに戻った。売れない画家の苦労を思いながら、床に着いた。

翌日、迎えにきたリムジンでホテルを出ようとした時、篠原君が見送りに来てくれたので、運転手の杉本さんに頼んでJFK空港まで同乗してもらった。昨夜の芸術論の続きをしたり、見せてもらった作品の感想を率直に述べながらの道筋に、時間の経つのを忘れた。

帰りの機中では、本稿をしたため、眠り、贅沢《ぜいたく》な食事やワインを味わい、時には映画や読書を楽しんだりと、勝手気ままな14時間を過ごした。その時に、持参して行った高島俊男著『お言葉ですが…』シリーズの1冊を読み終えた。日常なんとなく使う言葉にも多くの誤りがあることを知り、文章を書くことがいかに難しいものであるかを思い知らされた。高島氏に私の文章の校正をお願いしたら、書き込む箇所がなくなるほどに朱を入れられるであろう。私のような日本語の、特に文章の基礎のできていない人間が、随筆を書くという無鉄砲を思う。それでもあえて拙文・誤文を書いているのは、ただ一つ、自分史を残そうとの思いからである。それも心の軌跡としての……。文学作品を残す気持ちなど毛頭ないから、自由に書くことができるのかもしれない。

# ドイツにコッホの軌跡を辿って

2010年5月27日に、ドイツで、ロベルト・コッホ没後100年記念式典と関係行事が行われるということで、当時の柴忠義《しばただよし》理事長に代わり、学校法人北里研究所を代表して参加した。北里大学大学院感染制御科学府長だった山田陽城《やまだはるき》氏を伴い、いつもより気温の低いテーゲル空港に降り立った。5日間の旅の始まりである。

空港には、旧友でありロベルト・コッホ研究所副所長であるR・バーガー博士が出迎えてくれた。ただちに、ホテル・アビオンで服装を整え、夫人の待つというバーガー家を訪ねる。シャンパンを傾けながら、日程の打ち合わせと両研究所の最近の様子を話し合った。心残りであったが明日のこともあり、夕方には早めの暇乞《いとまご》いをしてホテルに戻った。帰ってから、式典でのあいさつと同時にその場で行う新たに3人の名誉会員を北里柴三郎《きたさとしばさぶろう》記念会へ迎えるための準備をして、早々に就寝した。新名誉会員は、前ロベルト・コッホ研究所所長であったR・クース博士並びにJ・ハッカー博士の両名と、前述のバーガー現コッホ研究所副所長である。

翌日は9時から、コッホ廟《びょう》で献花式が行われた。コッホ先生の孫や曽孫《ひまご》など20~30人が参加した。なかにはコッホ先生にそっくりな方もいて、記念室で先生が使用していた顕微鏡などの並んでいる棚の前に立って話をしている姿は、まるでコッホ先生がそこに現れたかのようであった。居合わせたカメラマンや山田君に頼んで、一族の何人かと記念撮影をした。おかげで、滅多に経験のできない思い出となった。献花式は、コッホ家代表のあいさつ、ポーランド厚生大臣のあいさつなどがあり、20分ほどで終わった。

いよいよ式典が始まる時になってバーガー副所長から、あいさつを予定していた来賓3人が急遽《きゅうきょ》欠席すると告げられた。1人は、明日から訪れることになっていたコッホ先生の生誕の地（クラウスタール・ツェラーフェルト市）の市長で、エクアドルで自動車事故に遭い2週間前に亡くなった、とのことである。あと1人は病気で、ほかの1人は航空会社のストライキで来られなくなったという。世のなかで起きているさまざまな出来事がこの記念式の日にも影響しているわけで、われわれが無事に参列できたことに感謝すべきであろう。

式典では、ドイツ保健省長官のあいさつの後、私があいさつをした。北里先生の招きで来日した時の様子から見てもコッホ先生と北里先生との師弟愛がいかに深いものであったかということを話し、歓迎式典での2人のあいさつの一部を紹介した。そして、その場で北里研究所からの公式プレゼントとして用意してきた額を、バーガー副所長に贈呈した。内容は、コッホ先生が逝去された4日後の1910年5月31日に北里研究所で行った追悼式の写真と、コッホ先生逝去の電報を受けたことを記載した北里先生の手帳の一頁の写しである。またその場で、北里柴三郎記念会会員として迎える先の3人に、額入りの会員証書と会員バッジ（エンブレム）を手渡した。それぞれの方々に、大きな拍手が湧いた。引き続き行われた昼のレセプションで、3人が背広の襟にバッジを付けているのを見て、われわれの意志を素直に受け入れてくれたことを思い、嬉しかった。

夜は、旧東ベルリン地区にあるシティーホールで開催されるK・ヴォヴェレイト、ベルリン市長主催の記念講演会とそれに続くレセプションに招かれた。記念講演会では、市長の長いあいさつに続き、ロベルト・コッホ財団理事長であるH・エールレン博士のあいさつの後、感染症にかかわるテーマで2人の講演が行われた。P・パレーセ博士はインフルエンザ、そしてS・カウフマン博士は結核の話であった。ドイツ語だったので完全に理解するには至らなかったが、両者の話は整然としていて、コッホ先生の研究業績の全貌を理解するのにも随分と参考になった。講演の合間合間には、音楽大学学生のピアノ、バイオリン、チェロが演奏され、会場の雰囲気を心地良いものにしていた。

夜のイタリアンレストラン「ボッカボッコ」では、Ｊ・ハッカー前コッホ研究所所長夫人やカウフマン博士、ドイツ学術審議会事務総長のＤ・ヴォネックなどの隣になり、料理とともに会話を楽しんだ。といっても、遅くなるほどに一段と眠気も襲ってきて、なかなか厳しかった。

その翌日は、ベルリン森《もり》鷗《おう》外《がい》記念館の副館長Ｂ・ヴォンデ女史の案内でベルリン市内の視察・観光を行った。まずは鷗外記念館を案内してもらった。ここは、鷗外の著書の展示や、茶道、華道などの日本文化の紹介を中心に活動を行っている。鷗外はドイツに４年間滞在して保健行政を中心に学んだようだが、記念室に展示されている彼の読んだという文芸冊子の多さには驚かされた。同館は、フンボルト大学に属し、学生が日本文化を学べるように資料の整備や研究を行うかたわら、日本人にも鷗外研究の資料・情報を開示しているという。１８７０～１９１４年の間に、日本からベルリン大学に留学した学生は７４２人を超えているとのことであった。ベルリンで学び、研究を行って、「小児の下痢について」という研究により日本人初の医学博士の学位を得た人物が、順天堂大学３代目堂主（理事長）佐《さ》藤《とう》進《すすむ》であることを知った時は、大きな驚きであった。佐藤進は女子美術大学（当時は私立女子美術学校）創立者の一人である佐藤志《し》津《づ》の夫君であり、夫人を助けるために同校２代目の校長を務めた人物である。また、狙撃事件で負傷した清国の講和全権大使・李《り》鴻章《こうしょう》の手術・治療をしたことや、大隈重信《おおくましげのぶ》が暴漢に襲われて負傷した時にも治療に当たったことで、よく知られている。ヴォンデ女史に、ベルリン滞在中の佐藤進に関する新しい情報が出てきたら教えてくれるように、改めて依頼した。

森鷗外記念館の後は、歩いてフンボルト大学の医学部シャリテー病院・医学博物館に案内してくれた。創立以来300年をかけて収集されてきた、各種疾患のウィルヒョー等による標本や治療に用いた医療器具が、年代別に展示されていた。そこでは、近代医学の発展ぶりを学ぶことができるようになっている。

修繕して使い続けるより壊される運命にあるというウィルヒョーの肖像を前に掲げた建物は、300年の間に階段などが磨《す》り減り、歩くのに危ない箇所もある。それは、あたかもこの大学に出入りしてきた学生や研究者・教師などの、医学への情熱で削り取られたようにも感じた。フンボルト大学・シャリテー病院内を歩きながら、300年前という時代を思う。日本では徳川家宣《いえのぶ》、綱吉《つなよし》、家継《いえつぐ》が将軍の頃である。その頃から積み重ねてきた医学の知識や技術を、わが国は1870年頃から学び始め、今やそのレベルはドイツをはじめとする欧米諸国と肩を並べるまでになったことを思うと、感無量であった。同時に、近代医学の先進国への感謝の念が湧いてくる。

医学博物館の見学を終えると昼食の時間であった。ヴォンデ女史が、アスパラガス料理がおいしいという鷗外記念館斜め向かいにあるレストランに招待してくれた。まず白アスパラガスのスープが出た後、ベーコンとともに皿いっぱいに盛られたアスパラガスが運ばれてきた！　最後は、私の体に異変が起きたようで、最近飲めるようになったコーヒーを人並みに注文した。

昼食後は、今では古くなり過ぎて集会くらいにしか使われていないというフンボルト大学の校舎にある、コッホ先生が結核菌発見を最初に発表した部屋に案内された。コッホ先生の記念室には、夫人が寄贈したというコッホ先生の遺品が展示されていたが、なかに来日の折に入手したと思われる火鉢のように大きな罄子《けいす》があった。また、アフリカ先住民がつくった人形なども並べられていた。アフリカ睡眠病の研究で現地を訪問した時のものであろうそれらを見ていると、コッホ先生が研究に没頭している姿など、想像がふくらんだ。

その日の夜7時からクラウスタール・ツェラーフェルトで行われる記念講演会を含む顕彰式典に間に合うためには、当地を3時30分に出発しなければならなかった。残る時間は40分。現在ベルリンで開催されているフリーダ・カーロ展を観るために、旧東ベルリン地区にあるマルティン・グロピウス館に向かった。ところが、道路工事による渋滞に巻き込まれ、着いた時には残り25分であった。

慌ただしく展示室に滑り込むと、なかは意外な光景であった。てっきり頭越しに背伸びをしながらの鑑賞になるだろうと思っていたのだが、会場ではゆったりと絵を観ることができるようになっていたのである。さすが、美術先進国ドイツと感服した。15分間くらいで主だった絵を貪るように見て、買い物を予定して早目に出ると、女史はフリーダ・カーロ展の分厚い画集を手に待っていた。これほどに気配りがある女史には、本当に頭の下がる思いであった。彼女のユーモラスな仕草とともに、強い思い出となる美術鑑賞であった。

このフリーダに関しては、何年か前に絵とともに生涯を映画化されたものを見たことがあったが、今回はその時の印象をさらに深めた。彼女は7歳で小児麻痺《まひ》と思われる脊髄障害を起こし、18歳の時にはバス事故で体にパイプが突き抜ける大怪我《おおけが》をしている。そのため、47歳の短い生涯の晩年は、寝たきりの生活を余儀なくされた。それでも絵を描き切った生き方には、真に大きな感動を覚える。太い眉が鼻の上で繋がったエキゾチックな顔は、体に障害のある彼女のモチーフの主なものであるが、その構図と色彩はメキシコの空気を感じさせて印象探く、完成度の高い絵となっている。写真で見た、手鏡を用いながらコルセットに絵を描く姿には、絵画制作に取り憑《つ》かれた彼女の魂の凄さを見る思いがして、心が激しく揺れた。それにしても、本当に短い絵画鑑賞であった。

出発地のコッホ研究所には、時間通りに着いた。ところがバーガー博士が出てきて、「会議が長引き、出発は1時間遅れることになる」と言う。「ままならぬは旅の常」とあきらめた。1時間遅れで、300キロ先にあるコッホ生誕の地に向かう。われらが運転手君は、高速道路を時々240キロもの速度を出しながら、懸命に車を走らせた。おかげで、目的地に10分遅れで到着できた。会場の市民会館は、全体が人々で埋まっていた。われわれの到着を待っていたかのように、式典は始まった。式典の前後と合間に吹奏楽が演奏されたのだが、地元の農家の人らしき姿もあり、素朴な楽団の演奏は微笑《ほほえ》ましかった。前述のように当地の市長が自動車事故で亡くなったため代理のあいさつとなったが、その後、コッホ研究所前所長のハッカー博士があいさつをした。それから若手を対象とした研究・奨励賞の授与となり、受賞者講演が行われた。その後の記念レセプションを終え、宿泊地であるヴェーニングーローードのホテルに着いた時には、時計の針はすでに11時を回っていた。倒れるようにベッドにもぐり込んだ。

翌29日は、5時に目が覚めた。日が昇るのを待って、市内に出てみた。教会や家並みは古く、1700年代の標識のある家も多く見かけて、歴史の重みを感じさせる街並みであった。

朝食をとってから、帰途に着くベルリンのテーゲル空港に向かう前に、市内にあるロベルト・コッホ研究所の支所を訪ねた。外観はいくつかの古い館を合わせて修繕したような建物であったが、内部は渡り廊下を挟み近代的な研究室が整備されていた。厩《うまや》は改造されて図書館となり、れんが造りの古い家の屋根裏は歴史資料室に変身している。建物のいたる所に美術彫刻が配置され、調和のとれた全体の雰囲気とともに、いやしの空間をつくり出していた。

空港へは広大な麦畑や菜畑がしばらく続くなかを抜け、200〜240キロもの速度の出せるアウトバーンを快適に走り、予定時刻前に到着した。道すがらの、町はずれに林立する風力発電の風車や一面黄色の菜畑の風景に、目を楽しませての行程であった。

# Ⅳ

# 次世代を担う若者に伝えたい

# 子供を不幸にしてしまう方法は……

青少年の犯罪が増え、凶悪化し、さらに低年齢化していく様子を見るにつけ、わが国の行く末を案じるのは私だけではないであろう。

戦中戦後に比べ、見違えるように暮らしは豊かになったのに反し、人としての心のあり方が忘れられるようになったと思われてならない。物のなかった頃の互いに分け合い協力し合って生きてきた時代から見ると、最近はなんでもほしいものが容易に手に入るが、反面、人間同士の心の交流が欠けてきている。ジャン＝ジャック・ルソーは「子供を不幸にする一番確実な方法はいつでもなんでも手に入れられるようにすることだ」と言っている。今のわが国のありさまを見るにつけ、この言葉が思い出されてならない。

少子化が進むなかで、子供を大事にするのはよいが、その「大事に」が何であるかを考える必要はないであろうか。ある小学校の教師の話では、1年生はまるで動物の子供を預かったようで、躾《しつけ》に大部分の時間を取るという。親が躾を怠るのである。一方で、自分の子供が近所の大人に注意されたと言って、その人をなじったり、子供同士の喧嘩には相手の子供の親や教師に文句を言う。近所の大人は客観的に物事が判断できる子育ての良きアドバイザーであり、協力者ではないか。

子供たちの世界は、やがて成人していろいろな出来事にあった時に、時には耐え、時には勇気を持って立ち向かうための、いわば人生の発芽期である。子供にとって、全て自分の思うようにいかないことがあっても良いではないか。子供が成人して社会人として生きるための基本は、時には厳しくとも教えなければならない。

親が子供を思う心は古今東西変わることはない。が、今、その子育ての基本が問われているのである。最近、テレビなどでも地球環境や自然をテーマにした優れた番組が多く見られるようになっているが、動物の子育ては育て方を見失った人間には良い参考になるのではないかと思う。前に述べたが、3代の犬を飼った私の経験では、最も感心したのが子供の育て方であった。その基本は躾である。庭では子犬が小屋からはみだすと、口でくわえてなかに入れる。屋内の時には、玄関の土間から床に上がろうとすると、自分が主人から躾られたようにそれをさせまいとする。それによって、人間と共存することができることを教えているのである。

しかし、躾といっても全てを教える必要はない。大半は自分の行動（大人の行動）を見せることで役目を果たすことができる。ところが今の時代、たとえば政治家などは繰り返し不祥事を起こす。野球の監督や選手は審判の判定が不服だと言って、肋骨にひびが入るような暴力を振るう。これではそれを見て育つ子供たちの将来が気掛かりでならない。そのような環境から子供たちを守り、家族の一員として認め尊重していくことも、たとえば、先ほどの「子供を大事にする」ことの一つではないかと思う。小さな時から、子供に家族のための何か仕事を分担させる。それを習慣付ける。それによって、家族の一員としての実感を持たせることも大切であろう。子供が夢を持てるような社会をつくり、こうあってほしいという姿を見せることが大人の役目である。そしてまた、子供が耐えることを学び、必要な時には勇気を持って立ち向かう心を学び、学ぶ人間のいることを学び、そして、さまざまな現実を乗り越えるすべを学ぶことのできる環境づくりこそが大切である。

## 人間の旬

大学の一教職員であった私が最も充実した気持ちになれたのは、食い入るような目つきで聴いてくれる学生の前で、自分自身もまた緊張を感じながら講義を続けることができる時のことであった。逆に最も淋《さび》しく感じられるのは、成績不良や出席不足で呼び出された学生が分厚いマンガ本を抱えて研究室へ入ってくるのを見たり、コピー店で他人のノートを黙々と写している多くの学生を見かける時であった。

やはり、講義を聴き、本を読み、思考し、その疲れをスポーツで汗とともに流す、といった生活のリズムを自分で自由につくり出すことができるのが、一面、大学生活の望ましい姿ではなかろうか。このような個性ある生活をつくり出せる最も良い時期を放棄し、本も読まず、思索もせず、講義も聴かず、半ば「考えるチャンス」を捨てているかに思える学生を見るのは、なんといっても淋しいかぎりである。

1975年1月15日の朝日新聞「天声人語」に次のような一文があった。話の継ぎ目に、引用して掲げておこう。

「……ただ気がかりなのは思考停止型、他人指向型の若者たちが少なくないことだ。ものごとをとことんまで考えず、まあ皆のやっていることをしていれば、となる。20代といえば体力だけでなく、知力もまた絶頂の頃。あらゆる知恵が乾いた砂に水がしみ込むように頭に入る時期だ。人間いかに生くべきかを思うのは青春をおいてない。物には不自由しなくとも、心の渇きに苦しむのが若さというものだろうし、それをいやすためには、まず1

冊の良書を手にとることだ……」

私は勉学や仕事を進めるにあたって、最も大事な点は独創性と実行力であると考える。どの分野の仕事をするにしても、この両者に培われた仕事や勉学に対する気魄《きはく》を感じるような研究者、学生に出会うことを楽しみとしているのである。

私の学生時代の友人のなかには、たとえサッカーなどに明け暮れていても、研究となると人が変わったように集中力をもって、これに当たる人がいたが、そんな友人を持ったことを誇りとし、またこれを見習うべく努力をしたことが思い出される。

若さとはまた、このようなことができる体力と気力の充実した「旬の季節」ではなかろうか、と私は思うのだ。そして、この「旬の季節」というものは若い時に一度だけ訪れるとは限らない。たとえば、80歳になった私にノーベル賞が贈られたように、人が独創性と実行力を失いさえしなければ、何度でもめぐってくるものなのである。

# 科学技術の国際的競争の時代に思う

近年、多くの企業のトップや専門家は、バイオテクノロジーの領域では日本が米国に完全に差を開けられ、手も足も出ないという見方をしている。諸外国の基礎研究にただ乗りをして発展してきたと言われている日本は、このようなやり方では科学技術の面においても20世紀の終わりとともに破綻すると見てよい。このような折、ここ2〜3年の間に日本学術会議を中心にして戦略的研究を推進し、独自の産業基盤確立を急ぐ動きが活発になってきている。また、国においても科学技術基本法の下、各省とも研究費の増額を予算化してこれに応えようとしている。

広く世界を見ると、国家利益を重視した研究が指向されるようになり、また、研究の成果、すなわち知的財産の流通は本来自由であるべきにもかかわらず、昨今はこれが制限される国際的な無体財産権保護に力を入れる潮流が著しい。

先般、私たちが発見した微生物代謝産物ラクタシスチンの試料を米国のある科学者に、いわゆる基礎研究と目された研究のために是非必要であるとの要求に応えて送ったところ、彼はその試料がなければやれない研究を基に、われわれの特許と拮抗《きっこう》する内容の特許を出してしまった。「科学に国境はない」などと言われてきたが、21世紀には科学者も絶えず利益のこともわきまえながら、国際的競争の時代に入っていくことを予想しなければならない。

このような厳しい競争の時代の到来に際し、気掛かりなことがある。その一つは、わが国の教育、特に大学院教育のあり方である。

久しく望まれていたポスドク（博士研究員）の制度も日本の研究環境から生じる構造的障害が多くあるにせよ、国の予算の配分にも見られるように定着へ向けて動き出していることは結構なことである。しかし、それにはまず、自立して独創的な研究ができる能力を持った博士を養成することが先決であると思う。これまでのように、指導教官の個人的テリトリーの下で科学の細分化した領域を中心に教育を受け、またそのような研究を見習った博士号取得者が多く生まれたのでは、欧米のようなポスドクの制度は日本には定着できないと思われる。

最近になって、東京大学などでは大学院研究科の比重を高めるための施策が進められているが、多くは4年制の上に乗せられた極めて貧弱な大学院研究科である。教員は大学学部の教育に時間を割《さ》かれ、大学院の学生に広く知識を持たせ、ほかの分野の研究者と交流する機会を与えてやるような指導をすることもままならない。また、学位論文の審査にあたっては論文が掲載された学術雑誌のインパクトファクターを云々《うんぬん》し、教員自ら学生の論文の内容を十分に評価できないといったことが多い現状をいかに早急に立て直すかが必要であろう。それぞれの大学において特色ある教育目標のもと、学生に知恵を開かせる効率の良い課程と、これを推進できる人員構成を設定することが必要である。

視点は大きく変わるが、2つ目の重大な問題は地球環境問題と国益を重視した科学技術推進とのかかわりである。一部の国は自国の利益あるいは政治的思惑により、環境問題には極めて消極的である。われわれ人間は500万年~1000万年前にアフリカで類人猿の一祖先から分かれ、いくつかの段階を経て現在の人類になったと言われている。この間、直立二足歩行をし、石器を発明し、精神生活を取り入れ、火を発明し、言語を取得するなど、ほかの動物には見られない特異的な進化をしてきていることは驚くほかない。ところが、進化してきた時間の長さから見ればほんの短い間に、近年の人類は加速度的にほかの生物を絶滅させ、自身の住む地球環境をも破壊しようとしている。

このようななかでバイオサイエンス並びにバイオテクノロジーの研究にかかわっているわれわれは、食糧の確保や医療にバイオテクノロジーの導入を図る一方、率先して人類のみならず、地上の生きとし生ける物の命を守るために、砂漠の緑化、水資源の保全そして大気の清浄化といったことにも積極的に参画してゆく心構えが必要であろう。

このようなことを考える時、米国の宇宙飛行士でアポロ9号に乗り、初めて宇宙遊泳に成功したラッセル・シュワイカートの名言「地球は有機的生物体だ」が思い起こされるのである。

## 国際人になるために

1993年のことである。韮崎の実家に帰るドライブの途中、「韮崎高等学校」という道路標識に誘われて校舎の前の道路に入って行った。われわれが学んだ木造の校舎はすでになく、全てが鉄筋コンクリート造りになっていたが、校庭から聞こえてくる運動部の生徒の元気な声が、当時の自分たちの姿を思い出させ、また、現在の自分を思う機会となった。

高校時代の私は、サッカーをはじめもろもろのスポーツに明け暮れて、授業の合間や放課後を楽しみに通学しているようなものであった。そうしたエネルギーを補充するために弁当を2つ持って行ったことや、また、下校時に町はずれのパン屋に寄って腹ごしらえをして、鍋山の家へ坂道をかけ登って帰ったことなどを思い出しながら、しばし車を止めて、とりとめもなくキャンパスを眺めていた。

その頃の私はスキー部と卓球部に所属して、先輩やコーチなどに厳しい指導をいただきながら多くの時間を過ごした。今振り返ってみて、青春時代にこうした時間に恵まれたことは、その後の私の半生のなかで大きく役立ったと思う。特に研究室に入ってからは、共同研究者と一緒に仕事をする際の気配り、また指導者の立場に立ってからは、統率力や、あらゆる場面で要求される体力と忍耐力など、スポーツを通じて会得し、鍛えられた。その恩恵は計り知れない。

しかし、当時のことで残念なことが一つある。現在は、国際的視野で物事を考え、行動しなければならない時代である。語学、特に英語ができないと役に立てない。このことは、当時考えもしなかったことであり、また英語はただ暗記の科目だという誤った認識もあって、この教科の授業にだけは身が入らなかった。私が語学の価値を分かったのはずっと後年のことで、今も、あの時にきちんと授業を受けていればと思う後悔の念が深い。

これまで、年に何回も講演のために海外へ出張してきたが、そのつど「内容で勝負できる」などと気負ってはいるものの、自分の語学力のなさを思い知らされ、冷や汗を流すこともしばしばである。今後の日本の国際的役割を考える時、後輩諸君には、若い頃から自然にその環境に入れるような心構えを持ち、また、その志を実現するための努力を欠かさないでほしいと思う。

ところが、である。実際に国際化時代ということで、海外から多くの情報が入ってくるようになった。若い人々は外国人のマナー、服装などを競って取り入れ、これを一般的な流行現象としているようにも見受けられるが、これでは真の国際化とは言えない。私の高校時代には、クラブ活動などで花を生けたり、書道を学んでいた女友達がたくさんいたことを思い出す。このようなわが国固有の文化を継承し、発展させることも国際社会においてはとても重要なことである。また、いろいろな文化に触れて人生を豊かなものにするためにも、若い頃から日本の伝統文化に触れる機会を多く持つことにより、より深い理解力と感性を身に付けることができるものであると思う。

# 限界のあることを知る

２００９年４月の日本学士院例会の折、世界的に著名な理論物理学者であり会員であった西島和彦《にしじまかずひこ》博士の追悼の辞を、ニュートリノの研究で２００２年にノーベル物理学賞を受賞された小柴昌俊《こしばまさとし》博士が述べられた。私にとって、これまでに数多く聞いてきた追悼の辞のなかでも、最も印象深く素晴らしいものであった。とりわけ心に響いたのは、「研究者が一流であるか否かの判定基準は、自分の理論の適用限界を常に意識しているかどうかである」と述べ、西島先生を賛えたくだりであった。小柴博士の追悼の辞に触発されて、「限界のあることを知る」ことが必要であるいろいろな出来事が脳裏をよぎった。

この年、北朝鮮が国際社会の反対を押し切り、人工衛星と称して長距離弾道ミサイル、テポドン2号を予告通りに発射させた。国連安全保障理事会では、強力な制裁を求める日米に対して、中国とロシアは慎重に構え、結局、中間をとって暴挙を非難する議長声明が採択された。北朝鮮は国民に十分な食料を与えることもできず、海外の援助を受けながらミサイルをつくり、発射することに金を回している。このままでは、永遠に貧困から抜け出せない国である北朝鮮の上層部は、自らの力の限界のあることを知り、どのような役割を果たしつつ国家の発展を目指すのかを、国際社会に明確に示してもらいたいものである。

一方、北朝鮮のミサイル発射に反対を主導するのは、すでにこれを独自に行ってきた国々である。また、イランや北朝鮮の原子爆弾の開発を恐れているのは、日本を除き、すでに原爆の開発を済ませていつでも使える国々である。自分たちが開発したことは許せるが他は駄目だとするのは、親が好き勝手をやっていながら、子供が真似をすることは許さないということと同じではないか。それらの国の核開発を許さないのであれば、「今持っているものを全廃するよう全力を尽くすから、そちらも止めるように」という話であるなら、よく分かる。また、はなはだ物騒な飛翔体を頭上に飛ばされるわが国の外交にも限界があり、このように見下されている原因を考える必要があるのではないだろうか。

これまでに打ち上げられ、機能を終えた人工衛星など、宇宙を飛び回っている本体や残骸は、すでに何万という数になっている。「このままでは、宇宙が地球のゴミ捨て場と化すのでは」との危惧が高まっている。かつてアメリカで生活していた時に、アメリカの使い捨て社会に疑問を覚えた。いろいろな場面で「もったいない」という気持ちが染み込んでいる日本人ゆえに、富めるアメリカの未来はどうなるのであろうか、と思った。当時、捨てられたプラスチック製品をはじめ、人工物は広いアメリカではほんの塵《ちり》であったのだろう。ところが、「塵も積もれば山」となり、後に環境問題に発展した。その対応に追われ、プラスチック資化微生物の探索研究などが行われたことを思い出す。自動車産業は、20世紀アメリカの繁栄の象徴であった。しかし、ガソリンをガブ飲みにしていたツケが石油資源を枯渇させ、加えて地球温暖化対策への対応の遅れがもとで、凋落《ちょうらく》の一途を辿っている。

また、当初はもてはやされたものが人類にとって凶器となった事例——保温・耐火材料として用いられた石綿、精密機械の洗浄やエアコンの冷媒として用いられたフロン、そして医薬品COX－2（シクロオキシゲナーゼ）阻害薬VIOXXの開発から使用中止に至る経過——これらの例を見ると「個々の科学技術の限界を知ることの大切さ」を痛感する。人類はより豊かな生活をするために、科学技術さえあれば自然を超えてなんでもできると思いつついろいろなものをつくり、使ってきた。しかし、科学者は自然の仕組みのほんの一部しか知っていないことを肝に銘じなければならない。最新のカーボンナノチューブ、iPS細胞など、最先端科学技術の成果の利用についても、このことを忘れると自然からのしっぺ返しにあうことを忘れてはならない。

山梨科学アカデミーは、未来を担う若者に科学の面白さを知ってもらい、一人でも多くの未来の科学者を育成することが重要な役割である。その活動のなかで、科学技術の素晴らしさとともに、個々の理論と技術の孕《はら》んでいる「限界」を考えることのできる人材育成を目指したいものである。

# V

# 思うがままに

## スポーツからの学び

何度も述べてきたが、私はスポーツが好きで、中学、高校、大学時代に勉学と家の手伝いの合間をぬってはスポーツに親しんだ。

私が学んだ山梨県韮崎高等学校は、サッカーが強いという伝統を誇っていたので、体育の時間には女子までも全員がサッカーをした。私も桜吹雪の下で、あるいは八ヶ岳おろしの吹きすさぶなかで、体育の時間や昼休みにボール蹴りに熱中した。それだけでは飽き足らずにクラブ活動は卓球部に入って、毎日練習に明け暮れた。

一方、その頃、卓球部の先輩の勧めで、スキーを始めた。私は長距離競技を得意としたが、この種目は体力と気力の両方が相まって力を発揮できる競技なので、体力を養うために韮崎の自宅から山梨大学まで走って通学したことも懐かしい思い出である。

また、長距離競技では必ず苦しい時があるが、そんな時は自分だけが苦しいのではない、一緒に競技をしている選手も皆苦しいのだと自分に言い聞かせ、その苦しさを克服することによって良い成績を出すことができた。

そして、山梨県の選手権大会で優勝し、県代表として国体にも出場することができた。今考えると、このような青春時代のエネルギーにわれながら舌を巻いてしまう。私はこのスキーを通して、忍耐強く闘うことによって、苦しさを克服することの喜びや、また高い目標を掲げ、それに向かって一層の努力をし、成し遂げる喜び、そして人生を計画的に生きていく力など、さまざまなことを学ぶことができた。

スポーツは自分との闘いであると同時に、先輩や後輩との協調性も要求される。わがままは許されないのである。また、自分の役割を自覚しながらチームに貢献しようという気持ちも大切である。これらのことは、その後の研究生活にとても役立ったと言える。

大学を卒業して5年間、教員生活を送り、また一方で、大学院で勉学を続け、研究者の道に進んだ。そして、今日に至っているが、研究を行うにも体力が必要である。徹夜で実験をしなければならない時もたびたびあったが、スポーツで鍛えたおかげでつらいと思ったことはなかった。

また、研究には創造力と集中力が要求されるが、これらもスポーツによって養われるものだと思う。一方、同じ分野の人々とはもちろんであるが、違った分野の研究者との交流や討論も大切である。それには、他の人の意見にも耳を傾ける柔軟な心が必要であると思う。

研究は、簡単にそして順調に成果が現れるとは限らない。それは、結晶化の時にじっくり待つうちに結晶ができるように、研究も焦って目先のことにだけとらわれていては実らないものである。

また、一つの仕事を成し遂げる時には、日の当たるところで仕事をする人とそうではない人が出てくるが、陰でその仕事を支えている人のことも忘れずにいたいものである。そして、それぞれの持ち味が十分に生かされることによって、大きな成果をあげることができるものである。このようなチームワークの重要性も、スポーツを通して学ぶことができると思う。

私は、学会や講演などで年に3~4回は海外に出かけるが、外国にいる時は日本の国のことや日本人の良いところ、悪いところを客観的に見るよう努めている。

ところで日本人は、「おかげさま」という素晴らしい言葉を使う。「おかげさま」、なんと含蓄のある柔らかい響きだろう。「サンキュー」という一言には含むことのできない日本特有の優しさがある。何事をするにも周りの人々への感謝の気持ちを忘れないでいたいものである。物質的にも恵まれ、治安も優れ、風光明媚《めいび》で豊かな日本と言われているが、日本人の優しさや心の豊かさを忘れないで、一層深めていきたいものである。

青少年諸君には、スポーツで大いに鍛え、忍耐力と協調性を身に付け、自分の持てるものを社会に役立てられるよう、また、国際社会に遅れをとることのないよう語学力を身に付けて、自分の主張を十分に表せるようになってほしいと願っている。

## ゴルフから得た「最高の宝」

ゴルフを始めてから40年以上になる。これまで、スキー、卓球、登山などさまざまなスポーツをしてきたが、仕事に根を詰め過ぎて体調を崩した時に医師から勧められて始めたゴルフ歴は、すでにそれらのどれよりも長くなっている。

やるならシングル・ハンディを目指そうと腹を決めたのは、1976年の4月、40歳の時だった。それから3年ほどでシングル入りを果たし、5年目にはハンディ5になった。私の上達の早さは仲間内では驚異であったらしい。よく練習方法を聞かれたものだ。そんな時、私は上達の秘訣《ひけつ》を3つ挙げるようにしていた。

1つ目の秘訣は「プレー後の復習」である。当時は大学の教授職に就いていたため、せいぜい週に1度しかゴルフ場に行けず、腕を磨く暇はなかった。そこで、私なりに必ず実行しようと決めたことが復習であった。プレーの後に風呂に入り、ビールを飲んでいい気分になっても、帰り道に必ずどこかの練習場に立ち寄ってその日のミスショットの原因を究明する。そして、納得してから帰宅するようにしていた。

2つ目の秘訣は「自分より上手な人とプレーする」ことである。上手な人とやっていれば、自然にうまくなってくものである。ただし、あまり教えてくれない人と回るようにして、教え魔は敬遠すること。これは学校教育の現場と同じだと思う。

3つ目の秘訣は「良いライバルを持つこと」。40歳の時に入会した本厚木カンツリークラブにはシングルプレーヤーでつくっている「錬成会」という仲間の会がある。ここで揉まれたのが良かったのだろう。古くからの仲間とともに年を重ね、互いの「名勝負」を思い出しながら語り合うのは時間の経つのを忘れてしまうほど楽しい。

そのほかに、コンペティションに臨んでは、1週間前から摂生して前夜は熟睡することを心掛ける。ゴルフはメンタルな競技である。次々と展開する状況の変化に対応するには、頭脳明晰《めいせき》であることが大切である。海外出張から帰国直後などは昼食を抜いて昼寝の時間を取り、ライバルに逆転勝ちをしたこともたびたびだった。

さて、振り返ってみると、この40年間に私のゴルフの楽しみ方や考え方は随分と変わってきた。この変化が幸いして、ゴルフ歴を重ねることになっているのだろう。単純に良いスコアで上がることに苦労していた時期には、失敗してクラブを放り出したくなる思いをしたり、話し声に集中力を欠き短いパットを外したりと、後味の悪い思いの残ることが多かったものだ。しかし次第に、スコアの数字からゴルフを通じて得られるモノのほうに、私の楽しみはシフトしていった。

人はその人生のいろいろな場面でピンチというものに直面するが、そんな時にどうするかということも、私はまさにゴルフで学んだと思う。バンカーショットがいい例である。バンカーに入れてしまうと普通、人は動揺して本来の力がなかなか発揮できない。しかし、そういう時にこそ自分にいいイメージを持って臨むのである。いいイメージでショットすれば、仮に失敗してもその原因が分かるから、次の成功に繋げることができるのだ。この考え方を会得して以来、バンカーにつかまった時には、「しまった!」と思うより脱出後のことを考えながらショットをする快感を味わっている。

ピンチに陥った時こそ自分にいいイメージを持つという方法論は、ゴルフから得た私の「最高の宝」ではないかと思う。ある時期、研究費が底をついて研究所の存続が危うくなったことがあった。しかし、そんな時にも私は、いつも皆でいいほうに考えるように努めた。心のなかでは最悪の事態にも備えなければいけないが、それよりもまず、いいイメージを持ってことに当たる。こうすればこうなるという確かなイメージを心に抱く。こうした自分への強い信頼感は、ゴルフをやっていなければ持てなかっただろう。

また、ゴルフのプレー中は頭を空っぽにできる。科学者は研究に熱中すると自分の興味の赴くままに大筋からどんどん外れてしまい、気が付けば全く無駄なことをしているということがあるが、そんな時に頭のなかを一度空にすると大局に立って物が見えるようになるのである。

目下、本職と趣味のゴルフとを両立させるべく努力しているが、そのうえ、なおゴルフに向ける時間を適度に配分し、ゴルフへの情熱は齢80を超えていささかも衰えていない。以前検査入院した際には、看護師さんを「キャディーさん」と呼んでしまい何度かびっくりさせたが、こんなにもゴルフに夢中になってしまったことに、われながら呆《あき》れるくらいである。

## ネギ嫌い

私の周りの人たちに、ネギ嫌いが実に多い。亡くなった文子を筆頭にして、娘、運転手役も務めてもらっていたS氏、秘書のSさんなど、食事を一緒にすることが多い人々もそうだ。さらに加えて、文子からは犬にはネギをやらないように厳重に注意されていたので、文子が可愛《かわい》がったクロに餌を与える時には、このことを肝に銘じている。といってもドッグフードがほとんどであるが、私の食べ残しをクロにも味わってもらおうなどと、うっかりしかねないからだ。

私は野菜のなかでもネギ類が大好きで、細ネギ、玉ネギ、ニラ、そして、ニンニク、ラッキョウなど、これらのユリ科ネギ属の仲間はどれも大好物である。家族と外に食事に行った時に出されるこれらは、ほとんど私のところに集まってくる。そんなネギ嫌いの文子だったが、鼻をつまみ、目にいっぱい涙をためながらネギや玉ネギをきざみ、よく私に食べさせてくれた。

ある時、テレビを見ていると、料理の先生が「ポークカレーの付け合わせであるラッキョウは、ポークのビタミンBの吸収を良くするから食べるように」と勧めていた。何か嬉しい気持ちになった。

おおよそ好き嫌いのない私が、食べ物で唯一嫌いなものは「イクラ」である。それまでは普通に食べていたものが、あるつまらないことで嫌いになってしまったのである。こちらは娘の大好物で、文子ともども「イクラ丼」などをよく食べていた。鮨屋《すしや》に行くと、必ずと言っていいほど出てくるが、その時には物々交換で、私がその時折の食べたいネタと交換する。この物々交換こそ、わが家の食事での楽しいひと時だった。

食事にネギが出てくると文字を思い出し、イクラが出てくると、また文字を想うこの頃である。

## 落穂拾い

街のレストラン内の貼り紙に書かれた事柄を見て、「落穂《おちぼ》拾い」を思い出した。ミレーの絵のことではない。私自身が少年時代に農業を手伝いながら、実感したことである。脇に抱える箕《み》に拾い集められた落穂を見て、何か良いことをしたような気持ちになったことが今も忘れられないという、実際に経験したことである。先日入ったレストランでは「ステーキ食べ放題」とあったが、この店には何枚もの「大盛りラーメン完食者」の氏名が貼り出されていた。あまりのばかばかしさにどれくらい大盛りなのか尋ねる気もしなかったが、客寄せのためとはいえ、終戦直後の食糧難時代なら夢と希望を与えるような催しも、この飽食の時代にはいただけない。一方で、アフリカをはじめ開発途上の多くの国々では、子供たちが十分な食料も与えられずに衰弱し、その上、結核や大腸炎などの伝染病にかかって何十万、何百万人と命を落としている。しかも、わが国の食糧（穀物）自給率は２０１４年時点のカロリーベースで39パーセントであり、長期的に低下の傾向にある。つまり、わが国は食糧の大半を海外からの輸入に頼っているという現状があるのである。

わが国の産業構造の変換は一層進み、かつて花形であった製造業は拠点を海外に移して新たな産業を生み出しながら、国際社会のなかで発展を目指している。このような国際状況下で、食糧問題はわが国民の生命の根幹にかかわるものだけに予断を許さない。世界的な食糧危機が忍び寄っている時に、われわれ日本人がいかにしてこれを克服していくかは極めて重要なことである。ローマクラブの依頼で調査研究を行ったマサチューセッツ工科大学のメドウ教授によると、「２０５０年に入ると世界の人口は下降を始める。その要因は資源の枯渇である。食糧の生産は２００９年頃から減り始める」という。人類は有限の鉱石や石炭、石油などの資源を使って文明の発展を成し得てきたが、これらが有限である以上いつかは不足する時があるということである。

人が月に立ち、宇宙を遊泳できるのもこれら資源の賜物であるが、そのようなことが可能になったといえども、人の食糧確保とはほど遠い関係でしかないことを思わなければならない。バイオテクノロジーの進歩が、食糧問題に限ってみても、乾燥地域での農業を可能にしたり収穫量を上げるなど、たしかにいくつかの点を改善し可能にすることはできる。しかしながら、人々が食糧危機の問題を認め、第二次世界大戦の戦中戦後の「諸事倹約」の思想をもう一度ここで思い出し、多方面で対応していかない限り解決はできない。

わが国は中東では考えられないほどに温暖で、水に恵まれ農業に向いている。この特質を生かさず食糧を海外に頼っている現状を、早期に考え改める必要がある。日本が食糧を買っている国々は広大な土地を持ち、かつ資源を持っている。しかし、天然の資源が枯れつつある現状を考えると、それらの国々がいつまでも食糧を輸出し続けられるとは限らない。

もう過去の話になりつつはあるが、冷媒用として極めて優れた性質を持ったフロンガスが地球環境汚染の元凶となったように、人のなすことは時に人の考えの及ばないところでつまずく。いよいよわが国にも発生した狂牛病の原因は、肉を食べるだけでなく骨をはじめとする残りのあらゆる部分を家畜(同じ種の動物)の飼料として使うという、人間の飽くなき所業によって引き起こされたものだ。これらのことはつい近年になって行われるようになった。その時期がちょうど、人間が自然の摂理を忘れかけた頃と一致するように思う。

段々畑を耕し、堆肥をつくり、そして落穂を拾った頃のことを思う。その営みのなかで、自然から食糧の確保に向けたもろもろの事柄を学んだ。「自然を無視しては得ることはできない」という、食糧確保の基本を改めて考えることも大事ではないか。

# 2つの弁当箱

ある日の役員会のあと、久々にサンドイッチで昼食会となり、もろもろのことについて意見を交わすことができた。その折、サンドイッチ一切れを残したことに端を発し、若い役員たちに1943年から49年あたりの第二次世界大戦中や戦後の食糧難で経験したことを話した。

私は、今は韮崎市神山町となっているが当時は神山村といった寒村の農家の生まれではあったが、食べるものに困ったことを覚えていない。ただ、砂糖などは貴重品で、祖母は甘いものがほしいわれわれ子供たちの手の届かないところを探しては隠していた。もちろん、われわれ兄弟3人の知恵をもってすれば、どこに置いても無駄なことであったが……。

その時代には、京浜地方からの食糧の買い出し客が、毎日のようにわが家にも来ていた。

特に終戦直後には父のつくったサツマイモの苗床の苗を取ったあとの種芋を持って帰られたり、家の者が留守であることをいいことに祖母の炊いておいた米飯などがすっかりなくなっていたりと、子供心にも食糧に困っている人が多いことを印象付けられた。また、小学校入学時には男子9人、女子20人の全部で29人であったクラスメートが、終戦時の4年生の頃になると学童疎開で来ていた子供たちで、60人ほどに膨れ上がっていた。当時の昼食の弁当では、イモか、麦が半分以上混ぜてあるもの以外は担任の教師から注意を受けた。疎開してきた級友たちへの配慮であった。冬になると達磨《だるま》ストーブの周りにアルミの弁当箱を積み重ね、保温しながら昼食になるのを待つ。そんなある時、そそっかしい者がその山をひっくり返してしまい大騒ぎになった。突然1人の女の子が大声で泣き出した。楽しみにしていた弁当が食べられず、しかも夕食も食べられるかどうか分からない、ということであった。

高校時代になると、その食糧難の話題もなくなる一方で、スポーツをしていたので自分でも驚くほどに腹が空いた。そこで、2つ弁当をつくってもらって、午前の授業時間の間に1つ目の弁当を食べ、もう1つを正規の時間に食べた。それは、禁じられていた昼食時以外に弁当を食べていないかを調べにくる教師に、ぎっしり詰まった弁当箱を見せることで切り抜けるという知恵でもあった。このように2つの弁当を平らげてもサッカーや卓球などのクラブ活動をすると腹が空き、韮崎の町から村までの2キロの坂道を自転車をこいで登るエネルギーは不足した。そこで、町外れのパン屋に寄る。そこには家の米櫃《こめびつ》から袋に入れて運び込んだ米が預けられていて、それと引き換えに今日はこのパンとあのパンと、2、3個を頬張ることができたのである。それを食べて元気になると、やっと自転車をこいで坂道を登って家に帰った。時には、米が間に合わず、前借りのパンを食べ、早速翌日に米を届けたこともあった。まだまだ米が貴重な時代であった。

そんな時代を過ごしてきたにもかかわらず、研究者になってからは昼に何を食べたのか文子に問われても、しばしば忘れて返答に窮するほどに、食べ物には頓着をしなくなっていた。

それにしても、最近の料理やグルメにかかわるテレビ番組の多いことに、驚かされる。同時に、出演している人々で食べ過ぎて健康を害している人はいないのだろうかなどと、気掛かりになったりする。

かくいう私自身も近頃、医者にコレステロール値が高いとか、血糖値は糖尿病予備軍であるなどと言われ、食べ物には気を付けざるを得なくなってきた。そのために変な習慣が付いてしまった。食事に出た食べ物を先述したサンドイッチのように、少しでも残すことを心掛けるようになったのである。それでも時には戦中戦後のことを思い、鮨屋のおまかせで「シャリ少の、イクラ抜き」と注文するなど無駄なことはできるだけしないようには心掛けているが……。

## 汚いバス

線を描き色を塗るというだけで芸術というなら、世のなかに芸術があふれることになる。そのような所業のなかでも、見る人の心を楽しませ豊かにする何かが表現されていなければ、なんのためにそれを行っているのかが問われる。

今でこそ少なくなったが、地下道や橋柱のコンクリートの壁に多くの落書きが描かれ、さまざまなものに出会った。そのなかには、見てほのぼのとするものや奇抜な極めて個性的で面白さを感じさせるものなどがあり、描いたうえにさらに重ねて描いた落書き芸術の競演のごときものは見ていて楽しくもあった。しかし、最近のものは見ても楽しいものは少なく、落書き芸術も地に落ちたと思いながら、そばを通り抜けることが多くなっている。描かれる場所も、以前は公共的な壁面であったのが、最近は個人宅の壁などにも見られ、汚く感じるものが多い。

そんなことを思いながら街を歩いていると、なんとも汚い乗り物がやってきた。なんと都バスである。都の交通事業の赤字を埋めるために、バスの車体を広告塔替わりにしているのだ。そのアイデアは良いのだが、広告として描かれている絵が実に汚く品がない。そのことが気になり注意をして見ていると、実に多くの汚いバスが町中を走り回っている。某外食産業の場合は、車体一面に肉料理が描かれていた。その絵が埃《ほこり》をかぶりながら街中を往復しているのである。構成も色も褒められたものではなかった。広告もメディア芸術の一つであるとすれば、汚くて見る人の心を暗く不愉快にするのでは逆効果ではないか。特に、バスは公共の乗り物だけにいただけない。わが国の首都にこのような光景が多く見受けられることは、はなはだ残念なことだ。

色のことでは不愉快に思っていることが、まだある。テレビ対談やクイズ番組の背景に使われているどぎつい色合いの調度や飾りである。液晶の発色を観るためには、いろいろな色を出してみる必要もあるとは思う。また、番組によっては、そのような場面も良いのかもしれないが、各テレビ局が競って原色をなりふり構わず使っているのは考えものだ。これでは、一休みと思いテレビのスイッチを入れても、長く観る気にはなれない。

ある時、横浜美術館に「東山魁夷《ひがしやまかいい》展」を観に行った。休日であったせいか、館内は人であふれていた。前の人たちの肩越しに画面の一部を探すように観ている。東山芸術のあの清澄な静寂感を、ほんの僅かな隙間からでも楽しもうとする人々の強い欲求を感じながら行列に並んだ。

テレビ番組やバスの広告などを見せつけられている現在の日本人にとって、芸術論を抜きにしても東山魁夷の絵は最も必要とする鑑賞の対象であると思われる。

## 「この人、遅いんだから」

30歳代の頃にフランスからやってきて、日本の製薬企業の研究所で有機化学の研究をしていた40年来の友人がいる。その後に帰仏し、しばらくしてフランスの国立研究所の部長と大学教授を兼務していたが、第一線を退いた今では日本の江戸時代の医学書をあさっている。

彼は最初に日本に滞在していた頃の実体験を通し、今日の日本の姿と当時との違いを外国人のさめた目で見ることができる。

その彼がこのたび来日し、久々にゆっくりとともに夕食をとる時間を持った。話は現在彼が調査中の、麻酔薬を考案しわが国で初めて乳がんの手術に成功した華岡青洲《はなおかせいしゅう》の偉業をはじめとする、江戸時代の医者たちのものへと続いた。そんな楽しい会話の間に、ふと彼が言ったことが印象的であった。

「パリの地下鉄で若者に席を譲られると、自分が年寄り扱いされたことに何か複雑な思いをするが、日本の若者たちは私を老人扱いすることがないので気分が良い」

話の前後から、これは痛烈なジョークである。

彼はまた、「若い頃にいた大阪では、フランスに比べ女性の地位の低いことが気になっていたが、今の日本社会は女性上位になった」と言った。ところが、「押しなべて、当時の女性のほうが気品があった」とも。

その話にわが意を得た。ある時、学会参加のために関西へ向かう新幹線車中で起きた出来事を思い出したのである。

私は新横浜駅から8号車3番A席の切符を持って乗り込み、その席に行った。ところが、すでにA席とB席には30歳代と50歳代とおぼしき女性たちが座っていたのである。多少戸惑いながら、再度切符の記載番号に目をやった。その時に年配の女性が何か言ったが、確認のほうに気が行っていたのでその内容はよく分からなかった。そして、そこが間違いなく乗車券の席であることを確認し、A席に座っていた若い女性にその旨を告げると、無言ではあったがあっさりと立ち上がり、席を移動しようとした。その途端に中年の女性が、「もっと早く言いなさい。この人（私のことだ）、遅いんだから。私たちは切符を持っていないが、車掌から空いているところに座っているように言われたから座っていたのです」と言ったのである。そのように自分たちがそこに着席していた理由を正々堂々と述べると、悠然と立ち上がった。あまりの出来事に唖然《あぜん》とした。「この人、遅いんだから」と何か責められた気持ちになり、「遅いんだから」という言葉に反論をしようかと、改めてその婦人を見た。ブランド物とおぼしき衣服に身を包んではいたが、何か気品に欠けた雰囲気をまとっていた。その姿に直ちにこのような人物に何かを言っても仕方がないと思い、立ち去るのを待って席に着いた。

しかし、座ってからも落ち着かず、次第に気持ちが高ぶっていく。「ごめんなさい」もなく、何をまごまごしているのかと責められたのではやりきれない。グリーン指定の切符を持たず車中に入って、車掌が言ったかどうかも怪しいが、適当に着席していること自体がすでに他人に迷惑をかけていることも分からずにいる。その無神経さを強弁で正当化し、自分たちは常に正しいとでも言いたいような振る舞いであった。

人との会話は本来は喜びである。常々、実りのあるものにしたいものだと思っている。

そして、心根は自然にその人の雰囲気をつくっているのだと思い、あの後ろ姿には何を言っても不愉快になるだけであったろうと考えて、私は高ぶっている気持ちを少しずつ抑えていった。

## 見えない助け合い

やっていることが自分とは何か今一つ合わない。話をしていても交わらない。また、あえて話をしたいとも思わない。そんな人物に出会うことは、世のなかではあること。けれど、そのような人が自分の考えを矯正してくれることがたびたびある。自分を中庸へと導いてくれるということは、矯正の文字とは異なるが、いわゆる精神的な共生ではないか。最近の世相を見ていると、「人類は互いに共生している」という意識が薄らいできているように思う。

反面、微生物をはじめ、自然界では生きるための多くの共生現象が知られている。

アマゾンのハキリアリは樹木の葉片を集めてカビを生やし、成長した菌糸体を食料としている。そのアリの表皮の角質には放線菌が共生している。放線菌はカビとバクテリアの中間のような性質を持ち、抗生物質など有用な医薬品をつくることで知られている微生物の一群である。この放線菌が、アリにとって毒となる物質をつくるカビの成育を妨害する。それによってアリの食料の品質を守っているのである。

ある種のアブラムシの体内には、生まれる時から、微生物ブフネラ・アフィディコーラという、大腸菌の7分の1くらいの小さな細菌が棲《す》んでいる。アブラムシは腸周辺に菌細胞という小さな胞を50〜60個ほど持ち、そのなかにブフネラが数万個詰まっている。このブフネラは、アブラムシが自分ではつくることのできないアミノ酸を与え、一方では自分の合成能力の欠けた必須アミノ酸をアブラムシから分けてもらうである。その様子は、この微生物のゲノム解析によって最近明らかになった。

ほかにも、世界中でブユによって媒介され、200万人の重度の視力障害や失明を引き起こしているオンコセルカ・ボルブラスも、微生物の恩恵を受けている生物(線虫)である。最近、この線虫のゲノム解析の研究過程で、体内に微生物が棲んでいることが分かった。この微生物(リケッチアの一種)は線虫の生殖器の周辺に棲んでいて、虫卵の成育に関係しているらしい。というのは、抗生物質テトラサイクリンでこの微生物を殺してしまうと、虫卵は消えて線虫は人の体内で増えることができない。

また、ある種の放線菌は、抗生物質をつくるのにほかの微生物の力を借りなければならない。そのように、おそらく多くの微生物も土のなかで互いに助け合いながら生きているのであろう。その共生関係が、いくつかの種にもまたがっていることも考えられる。現在、実験に基づいて人間の手によって純粋に分離できる微生物は、1パーセント程度であろうという予測を立てている科学者もいる。ほかの微生物と一緒でないと生きていけないことがあるのだが、その相手の微生物がどれであるかが、われわれにはなかなか分からない。

人間も知らない間に、直接、微生物の恩恵を受けている。高等学校の教科書にも出てくるリジン、トリプトファン、ロイシン、フェニルアラニン、アルギニンといったいわゆる必須アミノ酸は、人の体内ではつくれないからほかの生物の助けを借りなければならない。日常的には食物としても摂取しているが、多くは体重の2パーセントにもなる腸のなかの微生物（腸内細菌）によってつくられる。それを腸管から吸収し、発育や生きていくために機能するいろいろなたんぱく質をつくる。最近のヒトゲノム解析によって、この体内のたんぱく質は約10～30万種くらいあると計算されている。人間は、この大事な数多くのたんぱく質を構成する20種類のアミノ酸の半数を、腸内の微生物の助けを借りてつくっているのである。

このようなことをあげていくと、ふと憂鬱な想いにかられた。地球上で消えていく植物や動物の話をよく耳にする。同様に、自然界で見えないながらも互いに助け合って生きてきた微生物が、農薬や環境ホルモン、それに気象の変化などによって一部でも消えるとすれば、生きるために調和のとれていた世界が乱され、加速的に消滅していくのではないか。見えない世界だけに気掛かりである。

## イモリ退治

自然は何百万年もの歴史のなかで、生態系を形づくり、鉱物、植物、動物のかかわり合いの見事なバランスを保ちながら、今日に至っている。

これが最近、人間による破壊が加速的に進んでいる。その原因のほとんどが文化生活の追求のなかで、自然と人とのかかわりの認識が十分でないところで進められた開発重視の産物による。

20年ほど前から、私は故郷の山梨県韮崎市に帰る機会が多くなり、改めて懐かしき地元の人々との交流も始まっている。そんななか、韮崎市で衣料品店を開いている中学高校時代の親友の紹介で、地元で文化活動をされているY氏にお目に掛かった。昔と現在の高校教師像の比較や、これら教師が地方文化の発展や物の考え方、価値観形成に重要な役割を担っていること等を話し合っている間に、忽然《こつぜん》と現在話題の自然保護の話になった。

山の観光開発によって、市内の山林に育成しているモウセンゴケが絶滅する一方、住宅開発によって新種と思われるごとく肥大化したモウセンゴケが、新興住宅街に生えていることなどの話に始まり、登山者が気持ち悪がるからと、石灰で名所・甘利山《あまりやま》の椹池《さわらいけ》のイモリを退治してしまったこと。あるいは天然記念物レンゲツツジの育成のため、殺虫剤の散布と下草を枯らすことを勧めた著名人の話。また、市の役人が窒素肥料をやり過ぎてこのツツジを枯らした話などは、必ずしも悪意があってしたことではないにしても、自然に対する認識の浅さによるものであり、聞いていても単純な発想と行為には驚くほかない。

一度生態系が崩れると、これを崩した時間の何倍もの時間をかけないと元に戻らないことを、われわれはもっと考えなければならない。Y氏の告げた最後の言葉、「自然を守ることも開発なのだ」が心にしみ、人間と自然のかかわりを深く思う。

# 画家のデッサン

20年前のことである。私の還暦を祝って、研究室の同窓会の諸君が荻太郎画伯に私の肖像画制作をお願いしてくれた。

先生のお宅を訪ね、まずどのような姿を描いていただくかという打ち合わせをした。先生とは長いお付き合いをさせていただいているので、私をよく知っていてくださる。私のこれまでの経歴から、米国のウエスレーヤン大学留学が私にとって最も思い出深く、また私の将来を大きく決定し、支えてくれるようになったことを理解されていた。それを象徴する意味でも、同大学より名誉理学博士号を授与された時の出《い》で立ちがよかろうということになった。それは、プレジデントのW・チェイスからプレゼントしていただいた帽子とローブをまとったわれながら晴れがましい姿であり、絵画的にも肖像画にふさわしいとのお言葉であった。早速、その次の週から東京都文京区関口《せきぐち》にある先生のアトリエで制作が始まった。週1回、2時間ほど、5回くらいアトリエにお伺いすればよいだろう、ということであった。この折の荻先生とのお付き合いのなかで、画家が絵を描いていく過程をつぶさに見せていただく機会を得ることとなった。

私は祖母からよく「人の振り見てわが振り直せ」と言われて育ったせいか、時には他人を自分に置き換えて考え、行動することが必要であると思っている。他人はまた鏡に映った自分でもある。1969年に文子と初めてヨーロッパに旅した折、パリのモンマルトルの丘の街角で若い画家に「『似顔絵』を描くから、そこに座れ」と言われて描いてもらった絵が遊び人風に描かれ、驚いた。そればかりか、5年前ハンガリーのブダペストで、やはり街角で友人に勧められて描いてもらった時には、随分気取った顔に出来上がった。このように他人には見られているのかと、内心不満に思いながらも「自分が思う自分と他人の目に映っている自分とは随分隔たりがある」と感じていた。今回の肖像画は時間をかけ、新制作協会の重鎮であられる先生がどのような絵を描いてくださるだろうか。何か不摂生をした後で健康診断を受けるのにも似た思いで、先生の前に座った。

先生はモデルの心までも描こうかとするように透き通った目で私を凝視された。またそれとは逆に時々話しかけては普段の私を引き出し、その表情をデッサンし続けられた。3回目とも、もっぱらデッサンばかりで、4回目に伺うと少し色付けをしたカンバスが先生の横に置いてあった。またその日もついにデッサンに終始して、そのカンバスに絵筆を運ばれることはなかった。初めは写真1枚をお届けすればいただけるもの、くらいに考えていた。「これは大変なことになった」「あと何回通ったら絵は完成するのだろうか」、と思いながら5回目にアトリエを訪ねた。驚いたことに、これまでの私のいくつかの自像画への不満を消してもあまりある出来栄えの、「立派な」肖像画がすでに出来上がっていた。

ちょうどこの肖像画が出来上がった頃のこと、「100歳記念の小倉遊亀《おぐらゆき》展」を見ようと三越本店まで足を運んだ。小倉画伯が生涯師と仰いだ安田靫彦《やすだゆきひこ》画伯から「1枚の葉が手に入ったら宇宙全体が手に入ります」と言われたという。この教えを守り、2000年に105歳で亡くなるまで絵を描き続けておられたのだが、その「写実の技」は並々ならぬものであることに深い感銘を受けた。それは対象を写真のように忠実に描くのとは違って、デッサンで磨かれた、「ものを感じ取る心」と技術をもって対象をとらえていたのである。

ところで、本質をとらえるまで研鑽《けんさん》を積む画人のこのデッサンにも相当する、科学者にとっての基本とは何だろうか。まず、科学をする人にとっての出発点は、事象に対する感動と、事象の背後の真理を見出そうとする好奇心であろう。広い収集と緻密な観察に基づいた正確な分類記述も一つの科学であるが、現代科学はさらに進み、事象の背後の原理を求め、逆にそれによって事象を説明する、いわゆる仮説と実証の連鎖の上に立つ。そこでは不可解な事象を整理し、それを説明しうる誰もが見出せなかった摂理に至る仮説を立てる構想力と、それと連動してその正否を実証していく行動力が必要とされるであろう。画伯が繰り返しデッサンを描き続けるうちに、次第に描く線に実存感が与えられてゆくのを見て、仮説と実証の積み重ねで真理に迫る科学者の真摯な姿が想像された。

私のような未熟者の肖像画を、あるべき姿との思いも込めて描いてくださった荻先生の寛大さには感謝の言葉もない。友人たちも本人よりも立派であると言ってくれた。私にとって理想像でもあるこの絵の人物に一歩でも近付くべく、残された人生を歩んで行きたい。同窓会からのプレゼントは私にとって人生の目標のプレゼントともなった。

## 先人の美へのこだわり

200年間、風雪に耐えてきた私の生家は、老父母が住むにはあまりにも古かったため、また前に述べたように、これを「蛍雪寮」と名付けて、十数年来大学院の学生を中心としたセミナーを行ってきた。しかし、その機能も十分ではないので、両親とも話し合った末に一念発起して隣接地に新しい家屋をつくった。これは、富士山の見える住宅に住むという、私の長年の夢を叶えることにもなった。

1992年8月11日、久々の夏休みを利用して、私が会長を仰せつかった山梨県科学技術会議の開催に、裏方でお手伝いいただいている県庁の職員、そして日頃ご無沙汰しがちな山梨大学の恩師の小原巖《おはらいわお》先生と後藤昭二《ごとうしょうじ》先生の両先生をお招きして、バーベキューパーティーを開き、夏のひと時を大変にぎやかに過ごした。バーベキューの後の炭火の残りから、次回の点火用の消し炭を採ろうということになり、消し壺《つぼ》を古い家に取りに入って2個探してきた。翌日、消し炭を集め、保存して次回の用意ができた。

さて、その時、ふとその鉄製の壺を見ると、前夜は暗くて気付かなかったが、その蓋に、文字と模様がかすかに見えた。そこで、たわしを使い、良く洗ってみると文字は中央に「火消室」、少し下がったところに「大」の字が浮き出ており、その周辺と壺の本体にかけて見事な鶴菊や大判、小判、打ち出の小槌《こづち》とおぼしき模様も浮き出てきた。

この瞬間、私は江戸時代の田舎における農民の文化に触れることができたと感じたのである。これは、当時、いろりの近くに置いて消し炭を取っていたものと思われるが、このような小物にまで模様を入れて使う心遣いが感じとれて、実に嬉しい。各地の民芸館などで展示品をながめると、コイの型をし、鱗《うろこ》が巧妙に刻みこまれた自在鉤《じざいかぎ》や、唐草模様を刻んだ火箸、練り込みの模様のある大きい水壺など、あらゆる場面に美へのこだわりが感じられる。

現在のわれわれを囲む小間物には、プラスチックで大量生産され、その目的を達するには十分であっても模様や形には、美もゆとりも感じられない。これらを何百年か経った後世の人が見ても、単なる粗大ゴミの残骸としか映らないであろう、と私はいささか憂鬱な気分で思うのである。先般、赤坂の料亭「しる芳《よし》」のおかみより贈られた木村伊兵衛《きむらいへえ》の写真集を見ていると、終戦直後、路上に並べられたジャガイモを見ている女性たちは実に真剣な表情で、それぞれが立派とは言えなくとも個性的な手提げを持っている。現在では、デパートから出てくる人々は、あたかもゆとりがあるように見えるが、皆一様にビニール袋を下げ、あまり個性は感じられない。しかし、写真からは、戦争直後で、着ているものは貧しく、また並んで求めるものはジャガイモではあっても、大量生産や使い捨て文化より、個性があり、用の美さえ感じられる。

今日の私どもは、いつの間にか知らないうちに、実に味のない調度品に囲まれた生活をしていることに気付く。物資の豊富な現代の生活と、貧しくとも物を大切にした昔の生活とに、美に対する感覚の大きな違いがあることを知ったのは、その年の夏休みにおける一つの収穫であった。

# 心と体に栄養を

20年ほど前、忙しさに追われて趣味に時間を割くことも少なくなっていた時期のことである。「こんなに無理が続くと体がもたないな」と思いながら仕事をしているうちに、ある夏の中旬の夜、ついに突然のめまいに襲われて2日間ほど入院するはめになった。退院後は医師の勧めもあり、できるだけ仕事のことは考えないようにと思いつつも国際会議での講演をひかえ、私に特別の配慮をもって基調講演という大変な栄誉を与えてくださった組織委員の方々への気遣いもあり、めまいの再発の不安を持ちながら、10日間ほどは仕事を続けた。

ようやく講演を終えたので、できるだけ心身を休めるようにして、仕事は極力ひかえ、2週間ほど気が赴くままの生活をすることにした。絵を描いたり、買い込んでいたいくつかの本を読んで専門外の本を読む楽しさを久々に味わったり、気のおけない友人とゴルフをしたりして、趣味を持つ喜びを感じながら過ごすことができた。仕事のことは考えないでゆっくりしていると、面白いことに自分のこれまでの研究をはじめとする仕事のこと、現在の懸案事項、そして将来へ向けての研究や事業展開が実に整然と脳裏に描かれてきた。仕事を怠けることが大きなプラスになって現れたことには驚かされた。

私は終戦の時に10歳であったが、それ以前の幼少の頃から仕事を怠けることは悪徳であることを教えられていたせいか、戦後、レクリエーションという言葉で休暇の過ごし方をいかにするかが大事と教えられても、感受性の強い幼少の頃の教訓のほうが強く心に残っており、心は仕事のことから離れられない。

入院までは、私の場合は研究者であり続けようとしていることと経営者でもあるという二足のわらじを履いている関係もあると思うが、土曜日は休業といってもつい出かけて行き、仕事をする。または少なくとも研究の関係の書物を読むことになるといった生活を送っていた。

ところで、私の好きな山本周五郎《やまもとしゅうごろう》の「荒法師」の一説に「学問は必ずいちどその範疇《はんちゅう》の中へ人間を閉じこめる、その範疇を打開することが修業の第一歩であろう、頭の中からまず学問を叩き出すがよい、跼蹐《きょくせき》たる壺中《こちゅう》からとびだして、空闊《くうかつ》たる大世界へ心を放つのだ、窓を明けろ」という条《くだり》がある。頑張りの後の休養がこの窓を開けることに繋がることを期待したい。そしてミヒャエル・エンデは小説『モモ』のなかで「時間を節約すればするほど、生活はやせほそって、なくなってしまうのです」と言っている。

年齢も加わってか、仕事をし過ぎているなと感じることが多くなってきたところで、2週間の休養を取って、初めてその有り難さを深く知ることとなった。心に栄養を与えるためには休養が大事であることを強く感じることになったのは、当時還暦という年になったせいだったのかもしれない。

## 人の「心」を救う病院

年とともに健康に自信がなくなってきた私は、風邪をひいただけでもすぐに病院へ行く。殺風景な待合室で先に来ている人の顔を見回しながら、自分のおよその順番の見当を付け、時にはマガジンラックに置かれた古い雑誌類を読みながら、名前が呼ばれるのをひたすら待ち続ける。そして、自分の体のことを思い、このように病院へ来なければならない自分が情けなく、憂鬱になってくる。

ある時、自分で病院をつくるとしたら、この待ち時間をもっと明るく楽しく過ごせるものにしたいと思い至った。たとえば、絵が鑑賞できる、音楽が聴ける、本が読めるなど、大勢の人が集まるという病院の特徴からして、そこに文化があってもいいのではないかと考えたのである。

このような思いを重ねている間に、医者でもない私が一念発起して病院をつくる計画を発案した。契機になったのは、われわれが発見したエバーメクチンという抗寄生虫抗生物質が1981年に発売され、まとまった特許料が入るようになったことである。特許料はもちろん研究を進展させることに使うが、その一方で社会にも還元するべく病院の新設を思い立ったのである。

そこで、1987年9月より、21世紀を目指す病院づくりを開始し、立地、内容、建物施設の配置図の中に、私の目指す「病院での文化活動を」「病院での時間を文化にふれる」といったことを盛り込むことにした。病院の機能については医師たちに任せ、前述のように病院通いでは人後に落ちないと自負する私は、もっぱら「患者の代表」としてこの企画に参加した。私が考えたのは、病院は単に医療を提供するだけの場所でなく、地域の文化を育てていく担い手となる場所であってもいいのではないかということである。

そのため、建物は病院の機能を優先させるのは当然であるが、これに美術館としての機能を持たせることにした。これは、私がオランダの国際シンポジウムに出席した時に美術館（De Laken-hal）の中でレセプションが行われたことからヒントを得ている。研究者同士がビールマグやワイングラスを片手に絵を見て回りながら懇談をする機会にめぐりあい、美術館にはこのような実に素晴らしい使い方があることを知ったのである。

そして、21世紀を目前にした1990年、埼玉県北本市に建設された北里研究所メディカルセンター病院（現北里大学メディカルセンター）は完成した。

病院には廊下やホールなどに絵を展示できる空間を用意し、数百点の絵を病院の隅々に常設展示した。また、これらの絵は随時取り替え、絵画展を開催できるようにした。展示する絵画を収集するにあたっては、私の「これからの病院は文化をも担うべきである」という主張のキャンペーンを兼ねて、「人間讃歌大賞展」と名付けた公募展を行った。入選者には賞金を出させていただき、病院には入選作を頂戴するということに賛同された方々を対象とした公募展である。これまでに6回開催しているが、回を重ねるごとに運び込まれる絵のジャンルは広がり、またレベルも高くなっていった。それとは別に、私自身もさまざまな展覧会やギャラリーを訪ね、優れた絵画を集めた。

このようにして1600点の絵画を収蔵し、時々展示替えをしながら院内を彩っている。病気の方々に絵を見ていただくうえで特別な扱いを避けるため、「病院へのふさわしさ」にはこだわらず、できるだけいろいろな絵を集めてある。小児科病棟はメルヘンチックな絵画を並べてあり、産科病棟の壁面には女子画学生による明るい風景が描かれている。

絵の次に取り組んだのが音楽だった。病院のエントランスホールを広くつくり、音響のことを考えて天井を高くした。このエントランスホールをコンサートホールに兼用し、コーナーにはグランドピアノを設置した。普段はこのピアノを自動演奏させているが、ときには、地域に開かれた「市民コンサート」を開催している。

さらに、北里研究所の創立者でペスト菌や破傷風《はしょうふう》抗体の発見をした北里柴三郎の唱えた予防医学を率先するため、地域住民に向けた健康維持の啓発的な講習会が行えるコミュニティールームを設置した。医学の進歩は予防医学の礎《いしずえ》の上にあってこそ、真に人間を健康という幸せに導くものであるからだ。

今やこの病院は「絵のある病院」とか「美術館病院」という愛称までいただき、毎日2000人を超える患者や付き添い、それに見舞いに訪れる人々に楽しんでいただいている。院内には特別のスペースを設け、地域の美術愛好家に開放しているので、日々いろいろな作品が持ち込まれて楽しさは増す。市民コンサートは年2~3回開き、300人くらいの患者や地域の音楽愛好家などの聴衆が、ピアノ、バイオリン、胡弓《こきゅう》、声楽など、その時々の音の響きを楽しんでいる。予防医学の講習会も年に数回企画され、専門医師の話を聞けるということで、地域の人々に喜ばれている。

心をいやし爽やかな気分を醸成する「ヒーリングアート」という概念は、今でこそ注目を集めるようになったが、この病院がつくられた約30年前、日本では「ヒーリングアート」なる言葉が語られたことはなかった。まして、病院に美術館を兼ねさせるという発想もなかったことを思い出す。われわれの病院はこうした「いやし」という心の側面を病院医療に取り入れた先駆けでもあったと思っている。

ある時、重症の脳腫瘍を患った一人の患者さんが主治医に、「私は後どれくらい生きられるかわからないが、人生の最後をこのような美術館のようにいろいろな絵が飾られている病院で過ごせることは、幸せこの上ない」と語ったと聞かされた。人のために何かをすることは難しい。それを実行しようと思っても、なかなかアイデアもなく、引っ込み思案になる自分が恥ずかしいと思っていたが、こんな話を聞くと、病気の治療で人を救うこととは別に、人の心を救う機能を持ち合わせる病院をつくったことになった自分自身に喜びを覚えた。

医学をはじめもろもろの科学が急速に進歩した20世紀は、人としてあるべき心の問題が取り残された。人は病気になると謙虚になるとともに、心は沈む。このような時こそ芸術が人を慰める。生きる勇気を与えてくれるのである。21世紀の直前に建設されたこの病院が少しでも多くの人びとの健康と安らぎに貢献できるよう、末永く地域に根ざしてほしいと願っている。

## 紅梅に雪——東日本大震災に思う

２０１１年3月末の早朝、雨戸を開けるといつになく遅く咲いた紅梅が、淡く雪化粧をしていた。しかし、この初めて見る赤と白との風情を愛《め》でる気持ちは、つかの間で消えた。この月の11日の東日本大震災の被害者たちの寒さに耐える様子が浮かび、気持ちは沈んでいった。大地震と津波、それに福島第一原子力発電所の事故に加え、被災地は例年にない寒波に襲われていた。

「天災は忘れた頃にやってくる」という寺田《てらだ》寅彦《とらひこ》の言葉があるが、然《しか》りである。しかし、東日本大震災の被災地では、地震や津波がいつ襲ってくるか分からないとしながらも、堤防を築き避難訓練もやっていた。特に市街地の7割を破壊された岩手県宮古《みやこ》市の田老《たろう》地区では、１９３３年に襲った津波によって９００人以上の死者・行方不明者を出した経験から、10メートルの防潮堤を二重に築き防災マップをつくって備えていた。東南アジア諸国から見学に訪れるほどであり、地域の人々はすっかり安心していたという。なかには、2つの堤防の間に家を建てた人たちもいたほどである。ところが、この安心も地震の後に押し寄せてきた20メートルの津波という自然の力に無惨に打ち砕かれ、無力であった。津波は、4000人あまりの町民を一瞬にして呑《の》み込んだ。宮古に押し寄せた津波は、38メートルの高さにまで達したという。彼災地のある中学校で行われた卒業式では、卒業生の一人が「災害に対する備えはあった。しかし、われわれは自然の猛威には無力であり、津波は用意したもの全てを奪っていった」と述べていた。そして一方では、地震のたびに津波警報が鳴ってもたいしたことがなかったということが続き、今回の警報を侮ってしまった部分があったと認める被災者もいたということであった。

かつて釜石《かまいし》を訪れた折、入江の岸のいたるところに防潮堤が築かれていた。しかし、その防潮堤の海側のすぐ脇に、民家が建てられていたのには驚いた。というのは、過去に津波がこの高さまできたという標識のある遥か下方にあったからである。地震が予知された時点で標識辺りまで逃れてくれればいい、ということであったのであろうか。2016年3月時点の東日本大震災の被害状況は、死者・行方不明者は2万2010人と発表されている（総務省）。現代の日本での1万8000人を超える死者・行方不明者の数が、津波の恐ろしさを物語っている。

この大きな災害は私の身近にも、影響を及ぼした。

若い頃に研究の苦楽をともにした、研究仲間であるY君の出身地は釜石市の海に近い地域であった。東日本大震災の津波は、彼の兄の命を奪った。弟思いの兄さんであった。随分前になるが釜石を訪れた際には、私がゴルフ好きと聞いていたと、忙しいなかを近くのゴルフ場で終日ともにプレーしたことを思い出す。震災の直前にも、岩手県大船渡《おおふなと》市三陸町《さんりくちょう》にある北里大学海洋生命科学部開催の「北里柴三郎展」をY君に頼まれて見学してくれたという話を、聞いたばかりであった。当日は、地震後、夫人とともに避難する途中、津波に遭ったということである。不幸中の幸いにも、夫人は高台の料亭に向かって僅差で助かったという。しかしまた、この災いでは北里大学学生の若い命も失われた。友人たちと一旦は帰路につきながら、忘れ物を取りに下宿に戻って、津波に襲われた。今回一命を取り留めた被災者の数々の重い言葉から、人間の生死の間には一寸の隙間もないことを思い知らされる。

そしてこの災害は、日本の心の源であり、長年にわたり築き守ってきた文化財をもまた押し流していった。明治時代に芸術活動を引っ張り、東京美術学校（現東京藝術大学）2代目校長として創生期の中心人物であった岡倉天心《おかくらてんしん》が、茨城県五浦《いつうら》海岸に建てた六角堂も海へと消えた。現在は茨城大学五浦美術文化研究所六角堂となっていたが、明治時代にはさまざまな芸術家が集い、切磋琢磨《せっさたくま》した芸術推進の地であった。そして、私にとって印象深かった一つの美術品も、もう見ることは叶わない。Y君の実家に泊まった折、床の間に掛けてあった野口小蘋《のぐちしょうひん》の見事な掛け軸である。

人の命も、文化財も、その人それぞれの歴史を物語るものまでも、根こそぎ奪っていった津波が恨めしい。

それにしても、東京大学地震研究所の解析によると、最も大きな地殻変動は宮城県牡鹿《おしか》半島200キロメートルほど沖の海底で、幅約55キロメートル、長さ160キロメートルにわたって南東方向に55メートルもずれていたという。地震時に、この一帯が5メートル隆起していることも分かっている（2011年4月8日付朝日新聞より）。災害は、人々の考えを遥かに凌《しの》いだ。人間のなせることは、自然の大きさから見れば極めて小さいものであることを思い知らされる。

未曽有《みぞう》の地震は天災地変の最たるものである。しかし、津波から立ち上がり、今なお復興への歩みの大きな妨げにもなっている福島第一原子力発電所の事故は、人災の最たるものである。震災の年の夏は、「30パーセント近くの電力不足になる」と言われていた。これもまた、自身の科学を過信し、謙虚さを見失った人災である。この時は、「政府からは企業25パーセント、一般家庭15パーセントの強制節電の政策が示されるのではないか」とも言われていた。

もう一度、身の回りを見直す機会かもしれない。近年いろいろな形となって起こる社会問題、地球温暖化、もろもろの薬害、交通事故など、大小の違いはあれ、全て人によって引き起こされる人災である。これらは科学技術の過信から起こる問題であることは、いろいろなところで述べ、また記述してきた。アインシュタインは、「永遠の神秘は人間が自然を理解できることだ」と言っている。されど、人間は自然のごく一部しか理解ができず、その深遠には大きく及ばないことを思い起こしたい。辞書に「完璧」という言葉はあるが、自然に向き合う時には完璧という事柄がないことを肝に銘じて行動したいものだ。

今の世は、戦争が勃発すればそれにつけ込み、利益を目指した為替市場が変動する。いずれは誰かが損失を被ることになる商品（住宅ローン）を売りつけて引き起こされたリーマン・ショックなど、世界の経済が節度とモラルを失った人々によって動かされている風潮を嘆いていた。そこに東日本大震災が起こり、復興に円が必要になることを見込んで、ニューヨーク外国為替市場で16年ぶりとなるかつてない円高（1ドル76円25銭）を更新したということが伝えられた。これには、嘆くというより激しい憤りを覚えた。この時期の、この円高は、復興を目指す日本の大きな足枷《あしかせ》となることは、目に見えていた。国内では、義援金箱を持ち去る人、義援金を騙《かた》った詐欺が相次いでいるともいう。天災と人災が、人の世をさらに大きく崩していく……。

だが、希望へと繋がる多くの光もあった。

震災後、数日にして、手を差し伸べる民間の人々の行動は早かった。衣類を送る人、食料を送る人、義援金を集める人、地方自治体・国の役所の支援活動に応呼する人や団体など。最近の日本人は利己的になってしまったと嘆いていた矢先であっただけに、心強く頼もしい日本人の美徳が復活した、と感じ入った。また、多くの被災者が食料や水などの救援物資を受け取るのに整然と並んで順番を待つ姿をテレビで見た外国人たちは驚き、かつ感嘆していた。その国外からも次々と救援物資が届き、人材が到着して被災地で活動していると報道されている。

研究者間でも、救援活動が行われた。新着の科学国際誌「ネイチャー」（471巻3月24日号）によると、アメリカNIHは、被災した日本人研究者のために、仮設の研究所設立の準備をしている。「ネイチャー」グループの支援によるネットワークにより、ドイツからは18人の研究者を迎える申し出もあった。また、私も会員であるドイツ国立自然科学アカデミー・レオポルディナ（ハレ市）、およびドイツ国立科学および工学アカデミー（ベルリン）からは、早急に710万USドルの研究支援の申し出があった。また、中国ナノサイエンスおよび工学センターは、被災にあった研究者を受け入れると伝えてきた。このような国際的に科学の分野の支援が寄せられているのは、世界的にも東日本大震災が初めてのことだと思われる。わが国の科学技術の停滞が惜しまれるのみならず、科学者たちの絆《きずな》の表れであった。

私自身に対しても、個人的にも付き合っているドイツ国立自然科学アカデミー・レオポルディナのJ・ハッカー会長やイギリスのD・ホプウッド教授、フランス科学アカデミーのH・カガン教授、ドイツのベルリン工科大学のH・クラインカオフ名誉教授など、20人あまりの海外の人々が心配してEメールで見舞いの言葉を寄せてくれた。なかには、しばらく交流が途切れがちであった友人も含まれていた。私自身は被災しないまでも気持ちが沈んでいた時であり、友人たちの温かい心に感謝した。

テレビで、町の69パーセントが被災した宮城県南三陸町の人々が同県の栗原市へ集団避難する、というニュースが流れた。避難先の小学校には「歓迎」と書かれた幕が掲げられ、教室に畳が敷かれて避難する人々を待ち受けていた。このように大規模ではないにしろ、行政区単位の集団避難は各地で起きていた。その様子を見聞きする時、終戦直前の学童疎開を思い出した。しかし、現在の日本は、当時より遥かに豊かになっている。それに加え、日本人に残っていた美徳、助け合いのDNAをもってすれば、避難した人々の苦難を復興の力に変えることも可能であると思う。わが国では、関東大震災（1923年）、先の三陸地震大津波（1933年）、第二次世界大戦敗戦（1945年）、さらには阪神・淡路大震災（1995年）などから立ち上がってきた歴史がある。大津波に呑み込まれた瓦礫《がれき》のなかに立ち、復興を誓う人々の雄姿に心からの声援を送るとともに、私もできることをしなければならないと思った。

改めて、見つめ直すことも多い。たとえば、人も文化も政治も、東京に集めてしまうような歩みやそれを形づくってきた社会的傾向への弊害は、平時でも現れている。今また、このたびのような大災害に見舞われることを、考えなければならない。わが国が大災害を契機とし、あらゆるものを見直し、国民一人一人の身も心も、そして社会としても新たな基軸を創り上げ発展を目指したいものだ。特に東京の一極集中を避ける点については、これこそ政治家の役目に期待したい。

最後に、被災された人々には心からお見舞いを申し上げるとともに、一日も早い復興を願っている。

そして何より、さまざまな思いと無念を抱きながら亡くなられた多くの方々のご冥福を祈るばかりである。

［付録］

# 講演・北里柴三郎に学ぶ 21世紀国際的リーダーの育成

本稿は2004年3月6日に開智《かいち》学園で行われた著者の講演において、北里柴三郎や自身の研究、そして独創的なアイデアによって設立された21世紀の医療を担う北里研究所メディカルセンター病院、北里看護専門学校のことなどを話した後に教育について言及した記録である。

教育については、最初にこの話をしたいと思います。アルバート・アインシュタインが1922年に来日して、40日間滞在しました。そして、国内各所を見て回り、さまざまな人々と話をして書いた言葉に、次のような箇所があります。

「世界は進むだけ進み、その間に、幾度も幾度も闘争を繰り返すであろう。そして、その闘争に疲れ果てる時がくる。その時、世界人類は平和を求め、そのための世界の盟主が必要になる。その盟主とは、アジアに始まって、アジアに帰る。そして、アジアの最高峰、日本に立ち返らねばならない。われわれは神に感謝する。天がわれわれ人類に日本という国をつくってくれたことを」

しかし、本当に今、日本という国はアインシュタインが期待したほどになっているか、ということが問題なのです。そこを私は言いたい。だが、その時のアインシュタインは本当にそう思ったのです。なぜ彼は、そのように感じたのだろうか。おそらく、アインシュタインは新渡戸《にとべ》稲造《いなぞう》の『武士道』という本を読んでいたか、あるいはその話を聞いていたのではないかと思います。そこから、先のような感想が出てきたのではないかと思うのです。

## 日本人のアイデンティティー

現在使用されている紙幣に印刷されている肖像は、福沢諭吉《ふくざわゆきち》、新渡戸稲造（現在は樋口一葉《ひぐちいちよう》）、夏目漱石《なつめそうせき》（現在は野口英世《のぐちひでよ》）ですね。いずれも江戸末期から明治時代にかけて日本の精神文化を支え、リードしてきた人たちです。そして、この人たちはいずれも日本という国のアイデンティティー、すなわち、日本とはどうあるべきか、日本人はこうでなければいけない、ということを絶えず思っていた人たちです。福沢諭吉は文明開化を推し進め『学問のすゝめ』を書いたりしていますので、西洋かぶれの雰囲気を受けますが、とんでもない話で、日本人のアイデンティティーは何か、日本人はこうあるべきだと絶えず思い描いていました。先ほど出てきました新渡戸稲造は、有名な『武士道』を書きました。彼はもともとクリスチャンであり、クラーク先生（ウィリアム・スミス・クラーク。アメリカの教育者。1876年来日）のお弟子さんで、札幌農学校（現北海道大学）を卒業しました。『武士道』は、その後のアメリカ留学の時に書かれました。この武士道とは、なにも腹を切るとかそういったことではなく、武士が尊い徳目として身に付けていたものが日本人のアイデンティティーではないか、という考え方です。この本を読みますと、「キリスト教はこうだ、イスラム教はこうだ」というように、他の国の規範と比較しながら日本は武士道を尊ぶべき国でなければいけないと言っています。そして、その基本は儒教思想です。先ほど、北里柴三郎が儒教に大きく影響されたという話をしましたが、『武士道』の言わんとするところは、儒教をそのまま取り上げるのではなく、「儒教思想の良いところを取り入れた日本国民というものを、みんなで考えよう」ということではないかと思います。

ブリティッシュ・コロンビア大学（カナダ・バンクーバー）のキャンパスのなかに、「仁・義・禮《れい》・信・智」の漢字が、それぞれ一つの石に一文字ずつ刻まれてレイアウトされていました。刻まれた文字の下には英語で、この言葉の意味と読み方が彫られていました。実際にはもっと違う言い方があるのかもしれませんが、その英文を私が忠実に訳しました。

**仁（人道、慈悲）**

・人の人格を涵養《かんよう》し、正しい道を実行する
・自分を愛するように他人をも愛す
・子としての自覚にあふれ、両親を尊敬し、礼遇する
・これは儒教（孔子の教え）の究極の基本である

**義（有徳）**

・公平で偏らない
・適正な方法で対処する
・有徳の人物を尊敬し、他人に対して寛大である
・正直で無私である

**禮（礼儀、儀式）**

・儀式には300の法則があり、尊厳な行いには3000の法則がある
・人が円を描く時のコンパスや四角を描く時の大工の定規のように行動すれば、自身を確

立することができる

**智（知恵、学識）**

・表に現れない事柄を見ることができる
・知恵は全てを包括する
・悪いことと正しいことを区別することができる
・これによって難事も成就し、堅固な特質が得られる

**信（信頼）**

・五つの善行のなかで信頼は中心的位置にある
・人がこれを失うことなく、また油断なく保つことができれば、以降、多くの祝福を受けることになるであろう

これは儒教の五常《ごじょう》といいます。非常に良い言葉で、誰が見ても反対する人はいないでしょう？「義理堅い」、義理堅い人に会うと良いですよね。「情け深い」、情け深い人が嫌いだという人は誰もいないと思います。「信用できる。信頼できる」「知恵がある」「礼儀正しい」。

おそらく、どれ一つをとってみても、これはけしからんということはないはずです。ところが今の日本の状態を見ると、実際にこうなっていません。『武士道』にはこういうことだけを書いであるわけではありませんけれど、これこそが日本人のアイデンティティーですよ、と言っているわけです。

そして、今日のテーマである国際的リーダーの育成ということで用意したのが『孫子《そんし》』のなかにある言葉です。『孫子』は中国・春秋《しゅんじゅう》時代の兵法家孫子（孫武）の書いたもので、リーダーの条件として儒教の五常と同じような、次の言葉が出てきます。「智・信・仁・勇・厳」。ここには禮と義はありませんが、勇気と厳しさが加わっています。それでもやはり、仁は入っています。この5つのことが、上に立つ者、リーダーにはなければいけないと言っています。

## 教育者・吉田松陰《よしだしょういん》——松陰とその門下生

そこで、どのようにしたら教育というものがうまくいくのかと、考えてみました。私は教育者として2人を挙げてみたいと思います。一人は歴史上の人物のなかで、私が一番傾倒している吉田松陰です。彼は29歳で亡くなりました。しかし、吉田松陰を知らない人はいないのではないかと思います。彼は長州《ちょうしゅう》藩、今の山口県の萩《はぎ》で生まれ、忠臣蔵の四十七士討ち入り時の陣太鼓の作法で有名な、山鹿《やまが》流の師範の家の養子になりました。非常に秀才だったらしく、11歳である漢書を藩主に講義したといわれています。好奇心が旺盛で、先輩の藩士に怒られながらも、日本国中を駆けずり回りながら勉強をして歩きました。なかでも、すでに彼の教育者としての片鱗《へんりん》を垣間見ることのできる、次のようなエピソードがあります。浦賀《うらが》に外国船が来たことを聞くと、その船で外国に行こうと乗り込もうとして捕まり、牢屋《ろうや》に入れられます。ところが牢屋に入ったら入ったで、これも先の人徳のなせることでしょうが、今度は牢屋のなかで囚人たちを集めて講義などをします。そして、囚人その人の長所を見つけ、たとえば「あなたは字がうまいから、書道をやったらどうか」と褒めて、書道の先生にしたといいます。彼は思想家であるけれども、同時に教育者であったと思います。

彼の教育は、牢屋から出てからが最も充実したものでした。生まれ故郷の萩に帰り、部屋数がほんの3つしかない、向こう側が透けて見えるような小さな家屋で「松下村塾《しょうかそんじゅく》」を開きます。そして、驚いたことに、そのような小さな学校から、徳川幕府をひっくり返し、明治政府をつくる原動力になった多くの人物が輩出されました。

主な門下生（伊藤博文《いとうひろぶみ》、桂小五郎《かつらこごろう》、久坂玄瑞《くさかげんずい》、品川弥二郎《しながわやじろう》、高杉晋作《たかすぎしんさく》、山縣有朋《やまがたありとも》、山田顕義《やまだあきよし》など）のなかでも、一番最初に挙げたいのが高杉晋作。彼は奇兵隊《きへいたい》をつくって、幕府軍である九州の小倉《こくら》藩と戦って勝利を収めます。ところがこの奇兵隊には、武士もいましたが、ほとんどが農民や商人を中心とした千人くらいの隊でした。対する小倉藩は戦のプロである武士5万人ほどの陣営です。それと戦って勝ったのですから、江戸幕府はいよいよ駄目、頼りにならないということを世に知らしめることになったのです。その陣頭指揮をしたのが、高杉晋作。それから、伊藤博文。これはもう有名な人ですからよくご存じのことと思いますが、明治憲法をつくり、最初の首相になり、貴族院の議長を務めた政治家ですね。同じく明治政府の首相になったのが山縣有朋です。

## 教育者・吉田松陰——その教育

そのような人材が、掘っ建て小屋のような小さな学校から出ているわけです。なぜだろう、それができたのはなんだろうと皆さん考えませんか。私は吉田松陰に関するさまざまな資料を読んでいるうちに、3つのことに辿り着きました。

まず一つは、彼は生徒・弟子たちと全く同じ目線で話し合っていることです。「あなた」

「僕」という、この関係で話し合っています。そして、私がなるほどと思ったもう一つは、ある本にこの吉田松陰という人は「人の長所を見つけて、それを伸ばす天才だ」と、書いてありました。悪いところはあまり言わないで、良いところを見つけてはそれを褒めて伸ばしてやる、ということをよくやっていたということです。それから3つ目は、全国を駆け巡っていろいろな情報を集めてくる。彼の言っている飛耳長目《ひじちょうもく》。これを徹底的にやりました。情報収集をやって、世のなかのことを自分もよく知り弟子たちにも絶えず教えていた、ということです。それによって弟子たちも時代を見、先を見ることができる。面白いことに、後には弟子たちがあちこちに行って情報を仕入れて帰って来ますと、松陰のあの小さな建物のなかに置いてある『飛耳長目帖』に仕入れたさまざまな情報を記録しました。そうしますと、他の人たちもそれを見て、世のなかは今こういうことになっているのだなあと知ることができたわけです。それでこういう人材が育っていったのだと、私は思います。

## 教育者・緒方洪庵《おがたこうあん》

もう一人の教育者は、緒方洪庵です。江戸時代後期の蘭《らん》学者で蘭医であり、教育者です。彼は松陰に比べるとずっと長生きをします。この人のやり方は、弟子たちを徹底的に競争させました。そして、いま一つの特徴は、教育を組織的に行ったということです。弟子の数を数えると、日本全国から千人くらいが集まってきて勉強した、といわれています。

洪庵は江戸、長崎で蘭学を学んだ後、1838年に大坂（大阪）中之島《なかのしま》の隣にある北浜《きたはま》に蘭学塾（適《てき》塾）を開きました。今に残っている建物です。「これからの日本には、洋学を広めなければいけない」と言い、その教育を実行しました。その適塾の門下生には、次の人々がいます。箱館五稜郭《ごりょうかく》（函館）に立て籠もって幕府軍と戦った大鳥圭介《おおとりけいすけ》。日本の陸軍を創立した大村益次郎《おおむらますじろう》。このような人たちが出たところをみると、必ずしも医学だけの教育ではなかったのですね。それから福沢諭吉。なんといっても、彼が一番有名かもしれません。それから、諭吉も北里柴三郎の恩人ですが、同じく北里の恩人の一人である長与《ながよ》専斎《せんさい》も適塾の出身です。彼は内務省衛生局の局長を務め、日本の赤十字社をつくったりして、日本の衛生行政の基盤を築いた人です。そのように錚々《そうそう》たる人たちが、この適塾から生まれています。

## 私の松下村塾

この緒方洪庵と吉田松陰に共通することは、弟子たちと一緒に生活をしながら仕事をしていたということです。

そこで、私も評論するだけではなく何かしなければいけないと思い、わが塾をつくりました。私の郷里の山梨県にあります。かつて両親が住み、私が育った家を一部改装したものです。その家があまりにも古くなったので、両親のために隣に新しい家をつくり、壊そうと思いましたら、母が「私の目の黒いうちは、あの家を壊さないでね」と言います。だからといって、そのまま放って置くわけにはいかないと思っている時に、ふっと考えついたのが適塾、松下村塾でした。「そうだ、平成の松下村塾だ！」と。今でも、時々その家に行って、若い人たちといろいろと議論します。そこでは寝食をともにし、若い研究者たちは自分の研究の発表会のようなことをしたり、討論をしたりしています。私はあまり学問的な話はしないで、むしろ考え方や生き方の話をします。すなわち、知恵を出せるようになる、手助けをするのです。

## 知識と知恵と教育

知識と知恵は違いますよね。知識というのは、すでに外にあるいろいろなもので、われわれが吸収するものです。出来上がったものを覚えるのが、知識。ところが知恵は、もちろん、そういうものを土台にはしますが、新しく自分で考えつかなければいけない。この2つのバランスがあって初めて人間はまともなものになるし、良い仕事ができて世のなかのためにもなるのです。今までの日本は、どちらかというと知識中心で来ました。入学試験、入学試験と、まさに知識ばかりを教えていましたが、知恵が出ることは教えてきませんでした。平成の松下村塾としては、私は、とにかく知恵の出ることをやるわけです。「知識は過去の遺産であり、未来を開くのは知恵である」（哲史《さとし》）、私の考えです。「哲史」は、私のペンネームです。では、どうしたら知恵が出るか。知恵を出せ、知恵を出せと言っても出るわけがない。どうしたら知恵が出ると思いますか？　それは、「こうありたい」「日本はこうならなければいかん」「うちの息子はこうしなければ、いけない」「うちの息子はこうありたいと言っている」そういうものがあって初めて、知恵が出るようになるわけです。知識を詰め込み、詰め込みしたら、かえって知恵は出てきません。子供がどうしたいのか。「それは良いね、そうしたら良いじゃないか」というところに、子供は知恵を出すようになります。

知恵を出すためにもう一つ大事なことは、歴史に学ぶことです。歴史を勉強すると知恵が出てくる。で、「真の教育とは、技術や知識を教えることが究極ではなくて、品格と教養の涵養に自ら範を示すとともに、若者の未来に手助けすることである」（哲史）。だから、自分もしっかりしなければいけない。学生にだけ、いろいろなことを言っても駄目です。それに関して、教員をしていた頃の母のことを思い出します。母は亡くなるまで日記を書いていましたが、母がまだ教師をしていた、私が小学生の頃に発見したことです。母が日記に何を書いているのか、とにかく見たいのだけれど、毎日、書き終わるとぱっと片付けてしまいます。それでも、ある時それを引っ張り出して見ましたら、一番最初に「教師の資格は、自分自身絶えず進歩していることである」と書いてあったのです。これは、必ずしも教師でなくてもいいわけで、親の資格と言ってもいいのです。自分自身は進歩しないで、子供にだけ「進歩しろ、進歩しろ」では虫が良すぎる。

「教えるということは、ともに希望と夢を語ることだ」(哲史)。こうありたいですね。「こうしたいね」「こういうふうに日本がなったら良いね」。こういうことを語り合いながらやっていくと、自然にそういう雰囲気が生まれてきます。知恵が生まれてくるわけです。と言っても、教育は知識と知恵のバランスですから、いろいろと勉強することももちろん必要です。知識がなくては、知恵は働きませんから……。

ですから、アインシュタインは「教育とは、学校で習ったことは全て忘れた後に残っているところのものである」と、言っているわけです。この意味、分かりますか。算数で四捨五入でどうのということは、学校で習ったことです。ところが、いつの間にか身に付いているものは、その時には自分では分からない。しかし、卒業してからそれが現れてくる。それが本当の教育です。

## 教育環境——教育者として

今の家に引っ越す前でしたから狭い家で、小さな部屋がいっぱいになって座るところもないような状態でしたが、外国の研究者が私を訪ねてくるとその頃からいつもホームパーティーをしました。もちろん、研究室の若い人たちも一緒です。出席する若い研究者たちは最初の頃はもう、用意した食べ物が目に入らないくらいに緊張します。ところが、何度もこういうことをして、絶えず外国人と接しているうちに、外国の研究者に対しても平気で、「英語はうまくないけれど通じちゃうよ」となってくるのです。ごく自然に接して、討論をしています。これが教育です。「はい、英語の時間です。このセンテンスを覚えましょう」ではないのです。なんとなく「アー」「イー」くらいで、通じてしまう。これが本当の英語教育だと思います。そういうチャンスを与えるというのが教育だと思って、今でも絶えずやっています。学者仲間で、この人物は良いなあと思ったら、背伸びをしてでもなんとしても研究所に連れてきて、若い研究者たちとともに歓待します。

たとえば、ノーベル賞を受賞したデリック・バートン先生は、私を大事にしてもくれましたが、とても良い人でした。彼は2回も3回も日本に来て、私のところに寄ってくれました。それから2001年ノーベル賞を受賞したバリー・シャープレス博士については、面白い話があります。彼がノーベル賞を受賞する少し前のこと、彼から電話があって「これからお前のところに寄るよ」と言うのです。来るならうちの学生たちにセミナーをやってほしいとお願いしましたら、もちろんやってくれました。そのセミナーで学生たちに彼を紹介する時、「これからいつ化学の分野にノーベル賞が回ってくるか分からないけれど、有機化学の分野でノーベル賞をもらうとしたら、彼が一番近いよ」と話しました。そうしましたら、なんと1週間か10日経った頃でしたか、シャープレス博士のノーベル賞受賞が報道されました。私も面目をほどこしましたけれど、学生たちは大喜びでした。彼とは、今でも共同研究をやっています。こういうふうに寄ってくれるようになることも大事ですが、無理して招くこともします。そして、そのような研究者の話を学生たちに聞かせる。学生たちは知らない間にノーベル賞クラスの話を聞け、いつか知らない間にノーベル賞クラスの頭と同じように頭が回転し始めるわけです。そういう環境をつくってあげることが、教育者として一番大事なことだと私は思っています。

野依良治《のよりりょうじ》さんもうちで講演したあとに、ノーベル賞を受賞しました。だから、うちに来るとみんなノーベル賞をもらうのです。

そういうクラスの人たちを絶えず呼んで、絶えず接することによって、いつか知らない間に若い人たちもそのような頭になっていくわけです。

やはり教育のことでは、自分でもできるだけのことはやろうと思いまして、山梨県に資金も時間も投入して「山梨科学アカデミー」という組織をつくりました。ここでは教育に関する活動も行っていますので、その一例を紹介します。県下には多くの小・中・高校があります。その学校に、アカデミーのメンバーである大学の教授を派遣して、自分の分野の話を分かりやすく話すということをしています。その後の生徒さんの感想文などを見ると、実に楽しく話を聞いてくれた様子が分かります。そういうことを地道にやっています。

## 教育環境——親として

特に私は、これからの日本はひょっとしたら地方から大物が生まれるのではないかと、期待しています。もう東京一極集中は駄目です、埼玉は違いますけどね（笑）。後でそのことはお話ししますが……。

「人間が大きく飛躍する機会はいつも生活の身近なことのなかにある。高遠な理想にとりつくよりも実際には一皿の焼き味噌《みそ》のなかに真実をかみ当てるものだ」と、山本周五郎は言っています。子供を大きくさせることも、子供を良い人間にさせることも、ほんの身近にあるのです。こういうことを考えないで、何か遠くにある気持ちでいたら駄目です。大事なことは、まず、親が自身の理想像を描くことです。ここに書いてあることは、私が考えている理想像で、できるだけ実行しています。「自身がより良き日本人となるべく絶えず学び、考え、行動している」かどうか。怪しくなってきます。それから「自身の目標に向かって努力している姿(充実した生活をしている様子)を子供に見せられること」。それに「子供により良い環境を用意してやること」は、先ほど話したことです。自分はなんにもしない、ろくなことをしないで、子供にだけ「勉強をしなさい」なんのかんのと言っても駄目ですよ。小さなことで良いから、人のためになっていることを見せる。あるいは、学んでいるところを見せる。そういう姿に、子供が自然に学ぶようになるのです。お母さんは寝てばかりいるではないかと、これではね。「お母さんが本を読んでいる。じゃ、私も本を読んでみよう」と。こういう範を示さなければいけません。「○○学園に預ければ、あの学校は良い学校だからそれで良い」などと思ったら大間違いです。やはり、自分たちも一生懸命何かをやっている、ということを見せることが大事です。

私たちはもう遅いと思っているかもしれませんが、江戸時代後期の儒学者である佐藤一《さとういっ》斎《さい》は『言志四録《げんししろく》』のなかで良いことを言っています。「少《わか》くして学べば壮にして為《な》すあり」「壮にして学べば老いて衰えず」そして「老いて学べば死して朽ちず」。この言葉をよく考えていただきたいと思います。今からでも遅くない。「壮にして学べば老いて衰えず」この気持ちで、やっていかなければいけません。そして、講演会でそういう話を聞いてきたから、2、3日続いた。それだけでは駄目ですね。習慣にしなければいけません。いつの間にか、知らない間に本を読んでいる。知らない間に、テレビも教養番組になっていた、と(笑)。そういうことが習慣になって初めて、ものになるのです。

スイスの哲学者ヘンリー・フレデリック・アミエルは、「人生とは習慣の織物である」と言っています。織物には縦糸もあれば、横糸も必要です。あらゆるものは習慣。たとえば、生活習慣病というものがありますね。私も言われていますが、油っぽいものばかり食べていると血液のなかにコレステロールが増え、血圧が高いなどと言われてしまいます。これも、食の習慣です。そしてこれも、縦糸の一本なのです。そういう全てが織りなすもので、人生は形づくられるものなのです。

## 少年時代

さて、私がなぜ東京一極集中は駄目と言ったかを話します。「子供を不幸にする確実な方法は何か、それをあなたは知っているか。それは、いつでもなんでも手に入れられるようにしてやることである」という言葉があります。皆さん、子供に何かおねだりをされた時に「ノー」と言ったことがありますか。全てがノーでは困りますが、「駄目！」と言うこともなければいけません。うちは一人息子だから、大事に大事にと、なんでも「ハイ」「ハイ」。これでは人間が駄目になります。これは私が言っているわけではありません。ルソー先生が言っているのです。

もう一つ。「子供の時に肉体的につらい経験を与えないと、大人になって不幸だ」(コンラート・ローレンツ)とも言っています。皆さんは、子供に掃除を手伝わせたことがありますか。床拭きをさせたことがあるでしょうか。庭の掃除はどうですか。「ハイ、学校に行きましょう」「ハイ、何々をしましょう」と、やっていたのでは駄目になります。友人たちは嘘《うそ》だと言うのですが、私は子供の頃に新聞配達をしました。家の両親はそういう教育をしたのです。「勉強をしろ」とは一切言いませんでした。だが、よく言ったことが「仕事をしろ」

ということでした。「ハイ、これを手伝いなさい」「これをしなさい」「あれを手伝いなさい」しかも、「これがお前の仕事だよ」というものが、絶えず与えられていました。それで、私に与えられた仕事が新聞配達だったのです。「この区域の新聞配達は、お前の責任だよ」と与えられるわけです。そうすると、朝早く新聞の束が届くので、私はそれを配達してから学校に行きました。じゃ、新聞配達をしなければ家はやっていけなかったかというと、そういうわけではありませんでした。ほどほどの生活をしていたのです。しかし、子供にはそういうことをやらせました。その代わりに、たとえば私がスキーの選手になりたいと言うと、それに向けて両親をはじめみんなで応援してくれました。しかし、仕事は「あれもしろ」「これもしなさい」と次々に仰せつかったのでした。ですから、たとえばスポーツでも良いから、とにかく何か一つ肉体的に厳しいことを経験しなければ、大人になってから頑張りがきかなくなります。

「種を蒔《ま》き木を育てることをせず、実を採ることしか知らない者には、成功への道を歩むことはできない」(哲史)。仕事は大勢の人とするわけですから、自分から泥をかぶることを知らない人は成功できません。嫌なことも自分から進んでやるということができなければ、大きな仕事はできません。小さい頃に肉体的な苦痛があるようなことを経験していますと、嫌なことに対しても意欲が出てくるのです。そのためにも子供には、少し苦労させなければいけない。苦労といっても変な精神的な苦労はいけませんけれど、肉体的な苦労をさせて、良くなったら褒めます。「きれいになったね」「ここが、いつもより良くなったね」と。そういうやり方が、大事ではないかと思います。

## 国際的な仕事をする時

では、国際的ということは何かということです。英語がしゃべれる、国際的かもしれません。しかし、一番大事なことは「日本人であるなら、日本の文化をよく理解しているということ」、これは私が言っている言葉ではありません。元国連難民高等弁務官の緒方貞子《おがたさだこ》さんが、「国際的な仕事をする者にとって必要条件は、母国の文化だ」と言っておられるのですから、間違いありません。

「いつもお前はそう言うけれど、何をやっているのか」ということになりますが、やってますよという話です。私は世界中を回って講演しますが、その時に使うスライドには、必ず日本の文化を取り入れています。ある時は正倉院の建物、ある時は法隆寺の薬師如来像のような仏像であったりしますが、学術的な講演のなかにもこのような歴史的な日本文化を表しているものを何枚か入れます。たとえば、学術的な講演の場合でも、法隆寺の薬師如来像を入れたりします。8世紀につくられたものです。8世紀といえば、アメリカの歴史は300年そこそこですから、まだ、国が成り立ってない時です。そこでこういう話をすると、「やっぱり日本というのは立派な国なんだなあ」と思ってくれる。私もそのくらいのことはやらなければいけないと、思っているわけです。私の講演は薬が中心ですから、「薬師如来さんの持っているこの壺のなかに、一つでも良い薬を入れるのが私の使命」と言って、帰ってきます。そうしますと、日本の文化の話もできるし、自分の使命感もアピールできるということです。

## 最後に

ここまで教育についていろいろとお話ししてきましたけれど、私は研究者ですので必ずしも教育者ではありません。しかし、私の研究室から多くの研究者が育ちました。現在、私の研究室の同窓会のような集まりで「土塊会《つちくれ》」という会がありますが、そのなかで教授になって研究や教育をした、あるいは現在している人たちが18人います。それから、教授予備軍の准教授や講師は、13人になります。これらの人々はいわば私と苦楽をともにした人々です。私立の大学で1人の人間がこれだけの教授を育てたということは、容易なことではありません。資金を用意したり、いろいろと苦労もあります。しかし、子供の頃、真冬には手が凍《い》てつくような寒さのなかで新聞配達をしたりしていますから、そんなに難しいこととは思えないのです。そういうことを、体が覚えていてくれるわけですね。とは言え、アメリカに行って下手な英語で「こういう研究をする。そのために資金を出してくれないか」と研究費を募ったり、共同研究の話をするわけですから大変なことは多々あります。そのような時に、それを乗り越えようとする体力というか、気力は、若い頃につらい経験がなかったならできなかったと思います。勉強ばかりした人間に、「アメリカに行って研究費をもらってこい」と言っても、できませんよ。やはり、嫌なことでもやれるような人間に育てておかなければ、大きな仕事をすること、ましてやリーダーにはなれないと思いますね。これで、私の話は終わります。

最後までご清聴いただきまして、ありがとうございました。

# おわりに

ノーベル賞受賞という思いがけないことに恵まれ、その受賞発表の瞬間から私の生活はかつて体験したことのない目まぐるしい混乱に巻き込まれた。最初はメディアからの取材攻勢に見舞われ、それが一段落すると原稿執筆や対談・座談会の依頼、それに続いて講演依頼が殺到した。

このような体験をしながら、私はノーベル賞が一介の化学者・研究者の生き方にまで影響を与える褒賞であることを実感し、その重さと影響力に感銘を受ける日々を過ごしている。

受賞後、多くの方々から訊かれたことは、私の子供時代からの成育歴や研究人生の様子であった。そのたびに私は、「大村哲史」のペンネームで『ロードデンドロンの咲く街』『私の芝白金三光町』『夕暮れ』『植林』の4冊のエッセイ集を出しながら、関心のある部分を読んでもらうことにしていた。これらの本は、新聞、雑誌、各種機関誌などに寄稿した文章や、折々に書きためてあった子供時代と両親の思い出、学会から帰国する飛行機の中で書いてきた紀行文などをまとめて自費出版したものである。

毎日新聞出版の五十嵐麻子さんから、拙著『人をつくる言葉』に続いてこれら4冊の本から抜粋した原稿をまとめたエッセイ集の出版を勧められた時には一瞬戸惑った。しかし、「ノーベル賞授賞式前後のことはまだどこにも発表していないので、この機会にそれを収載した集大成を」という言葉になるほどと思い、編集者のご意見を聞きながら最終的にこの本が出来上がった。

元来、私は書くことが好きであり、書くことをいとわなかった両親に似てきたかなと思うようになっている。1冊の本として出来上がったものを再読してみると、幼少期に祖母や両親とともに育った日々の追憶、研究人生の苦労話や記録、そして家庭生活の折々の思い出の詰まったものとなっており、感慨を新たにした。

この本をつくるにあたり、画家の小杉小二郎さん、ジャーナリストの馬場錬成さん、そして周りのスタッフの皆さんに大変お世話になった。心よりお礼を申し上げたい。

2016年7月　芝白金三光町にて

大村　智

# 初出一覧

微生物が運んできたノーベル賞（書き下ろし）
植林――父の思い出　「中央線」２００６年
占い師の一言　『植林』２０１１年10月
「ごくも」を背負って　「青淵」１９９６年5月号（「雪景色」を改題）
夕暮れ――母の思い出　「中央線」２００２年（「夕暮れ」を改題）
敦子姉さん　「medical forum CHUGAI」vol.8 no.5 2004（「海」を改題）
「怒るな働け」『夕暮れ』２００５年5月（「妻・大村文子（芙視子）の生涯」を改題）
犬の子育て　「MEDICAMENT NEWS」１９９６年2月25日
「気まぐれクロ」との散歩　『私の芝白金三光町』２０００年4月（「クロとの散歩」を改題）
「流れる鼻水を片腕で拭く時間があれば……」『ロードデンドロンの咲く街』１９９５年7月
（「故横山隆策先生の想い出」を改題）
わが山梨はスイスに劣らず　『植林』２０１１年10月（「観光と景観」を改題）
私の芝白金三光町　「The Kitasato」２０００年春号
モネへの理解　「ほんあつぎ」第１１６号　１９８７年11月（「モネの水蓮」を改題）
２人のノーベル賞学者との交流　『ロードデンドロンの咲く街』１９９５年7月

（「紅葉のアメリカ東部への旅――二人のノーベル賞学者と」を改題）
彫刻美術館に行こう――パリの3人の彫刻家　「土塊」　1996年（「三つの彫刻美術館」を改題）
湯治場の2人　「晶山」第33号1996年（「玉川温泉」を改題）
晩秋のミドルタウンへの旅　「The Kitasato」No.54　2007年
ドイツにコッホの軌跡を辿って　『植林』　2011年10月
（「ローベルト・コッホ没後100年記念式典に参加して」を改題）
子供を不幸にしてしまう方法は……　「韮友会だより」　2000年（「子供の躾について」を改題）
人間の旬　北里大学薬学部北里会　「しろかね」　1975年（「創造性と実行力」を改題）
科学技術の国際的競争の時代に思う　「バイオサイエンスとインダストリー」　1997年6月号
国際人になるために　「韮友会だより」第15号　1993年10月（「校庭のかけ声に誘われて」を改題）
限界のあることを知る　「山梨科学アカデミー」No.28 巻頭 2009年6月
スポーツからの学び　『わが人生論・青少年へ贈る言葉山梨編（下）』文化図書出版、1991年
（「私の体験から学んだこと」を改題）
ゴルフから得た「最高の宝」（書き下ろし）
ネギ嫌い　「The Kitasato」　2001年秋号
落穂拾い　「The Kitasato」　2002年冬号
2つの弁当箱　「The Kitasato」　2004年春号
汚いバス　『夕暮れ』　2005年5月

「この人、遅いんだから」「The Kitasato」２００４年秋号
見えない助け合い「青淵」２００1年10月
イモリ退治『ロードデンドロンの咲く街』１９９５年7月
画家のデッサン「学術月報」１９９６年5月
先人の美へのこだわり「土塊」6号（「火消室」を改題）
心と体に栄養を「健康」１９９６年2月号（「休養」を改題）
人の「心」を救う病院（書き下ろし）
紅梅に雪——東日本大震災に思う『植林』２０１1年10月（「紅梅に雪」を改題）
講演・北里柴三郎に学ぶ21世紀国際的リーダーの育成『夕暮れ』２００5年5月

## 経歴

１９５４年３月　山梨県立韮崎高等学校卒業
１９５８年３月　山梨大学学芸学部自然科学科卒業
１９５８年４月　東京都立墨田工業高等学科教諭（～１９６３年３月）
１９６３年３月　東京理科大学大学院理学研究科修士課程修了
１９６３年４月　山梨大学工学発酵生産学科文部教官助手（～１９６５年３月）
１９６５年４月　社団法人北里研究所入所
１９６８年９月　薬学博士号取得（東京大学）
１９６８年10月　北里大学薬学部助教授（～１９７５年３月）
１９７０年10月　理学博士号取得（東京理科大学）
１９７１年９月　米国ウエスレーヤン大学客員教授（～１９７３年１月）
１９７５年４月　北里大学薬学部教授（～１９８４年６月）
１９８１年５月　社団法人北里研究所監事（～１９８４年５月）
１９８４年５月　社団法人北里研究所理事・副所長（～１９９０年６月）
１９８５年５月　社団法人北里学園理事（～２００３年６月）
１９９０年６月　社団法人北里研究所理事・所長（～２００８年６月）

1993年2月　学校法人女子美術大学理事（～1997年1月）
1997年3月　学校法人女子美術大学理事長（～2003年5月）
2001年4月　北里大学北里生命科学研究所教授（～2007年3月）
2001年4月　北里大学北里生命科学研究所所長（～2003年3月）
2002年3月　北里大学大学院感染制御科学府教授（～2007年3月）
2002年10月　21世紀COEプログラム
「天然素材による抗感染症薬の創薬と基盤研究」拠点リーダー（～2007年3月）
2003年9月　学校法人女子美術大学名誉理事長（～2012年6月）
2005年3月　米国ウエスレーヤン大学 Max Tishler Professor（～現在）
2005年4月　山梨県総合理工学研究機構総長（～2007年3月）
2007年4月　北里大学名誉教授（～現在）
2007年4月　北里大学北里生命科学研究所
天然物創薬推進プロジェクト・スペシャル・コーディネーター（～現在）
2007年4月　学校法人女子美術大学理事長（～2015年5月）
2008年4月　学校法人北里研究所名誉理事長（～2012年6月）
2012年7月　学校法人北里研究所顧問（～現在）
2013年3月　北里大学特別栄誉教授（～現在）
2015年6月　学校法人女子美術大学名誉理事長（～現在）

## 受賞・栄誉

1985年6月 ヘキスト・ルセル賞（米国微生物学会）
1986年4月 日本薬学会賞（日本薬学会）
1989年3月 上原賞（上原記念生命科学財団）
1990年6月 日本学士院賞（日本学士院）
1991年8月 チャールズ・トム賞（米国工業微生物学会）
1992年4月 紫綬褒章
1992年5月 フランス国家功労勲章シュバリエ章（フランス）
1992年11月 ドイツ科学アカデミー・レオポルディナ会員
1995年4月 米国工業微生物学会功績賞（米国工業微生物学会）
1995年6月 藤原賞（藤原科学財団）
1995年9月 日本放線菌学会特別功績功労賞（日本放線菌学会）
1997年11月 ロベルト・コッホ金牌（ドイツ、ロベルト・コッホ研究所）
1998年1月 プリンス・マヒドン賞（タイ）
1999年4月 米国国立科学アカデミー外国人会員
2000年3月 ナカニシ・プライズ（日本化学会・米国化学会合同）

2001年12月　日本学士院会員
2002年3月　フランス科学アカデミー外国人会員
2002年11月　山梨県県政特別功績者
2005年3月　アーネスト・ガンサー賞（米国化学会）
2005年10月　中国工学アカデミー外国人会員
2007年4月　ハマオ・ウメザワ記念賞（国際化学療法学会）
2007年4月　レジオン・ドヌール勲章（フランス）
2008年6月　平成20年度発明奨励功労賞（社団法人発明協会）
2010年6月　テトラヘドロン賞（エルゼビア社）
2011年6月　瑞宝重光章
2011年9月　アリマ賞（国際微生物連合）
2012年1月　山梨県韮崎市市民栄誉賞（韮崎市）
2012年7月　ノーマン・R・ファルンスワース研究業績賞（米国生薬学会）
2012年11月　文化功労者
2014年10月　カナダ・ガードナー国際保健賞（ガードナー財団）
2015年1月　朝日賞（朝日新聞社）
2015年11月　文化勲章
2015年12月　ノーベル生理学・医学賞

2015年12月　区民栄誉章（東京都世田谷区）
2015年12月　東京都栄誉賞（東京都）

**大村　智**（おおむら・さとし）
化学者。1935年（昭和10年）7月12日、山梨県韮崎市生まれ。北里大学特別栄誉教授、学校法人女子美術大学名誉理事長、韮崎大村美術館館長。微生物の生産する天然有機化合物の研究を専門とし、50年以上の研究生活を通して約500種類の新規化合物を発見。うち26種類が医薬、動物薬、研究用試薬として実用化され、感染症などの予防や撲滅、さらに生命現象の解明などに貢献している。そのうちの一つであるイベルメクチンは、オンコセルカ症（河川盲目症）やリンパ系フィラリア症、糞線虫症、疥癬といった寄生虫感染症の多くを予防・治療する特効薬となった。その業績が評価され、2015年、イベルメクチンを共同で開発した米国メルク社のウィリアム・キャンベル博士と共にノーベル生理学・医学賞を受賞。著書に『人生に美を添えて』（生活の友社）、『人をつくる言葉』（小社刊）などがある（専門書を除く）。

# 人間《にんげん》の旬《しゅん》

印刷　2016年7月25日
発行　2016年8月10日

著　者　大村《おおむら》 智《さとし》
発行人　黒川昭良
発行所　毎日新聞出版
〒102-0074　東京都千代田区九段南1-6-17
千代田会館5階
営業本部　03-6265-6941
図書第二編集部　03-6265-6746

校　正　尾澤 孝　宮野一世
DTP　熊谷結花
撮　影　髙橋勝視
編集協力　馬場錬成　大谷智通
印　刷　三松堂印刷
製　本　大口製本




ISBN978-4-620-32392-3